草 叶 集
Leaves of Grass

【美】沃尔特·惠特曼 ◎ 著
姜焕文 ◎ 译

四川文艺出版社

图书在版编目（CIP）数据

草叶集/（美）惠特曼著；姜焕文译.—2版.—成都：四川文艺出版社，2014.6（2021.9重印）
ISBN 978-7-5411-3870-6

Ⅰ.①草… Ⅱ.①惠… ②姜… Ⅲ.①诗集—美国—近代 Ⅳ.①I712.24

中国版本图书馆CIP数据核字（2014）第084465号

CAOYEJI

草叶集

[美]沃尔特·惠特曼 著
姜焕文 译

责任编辑	宋 玥
封面设计	张丽娜
内文设计	张 妮
责任校对	郭 健
责任印制	喻 辉

出版发行	四川文艺出版社（成都市槐树街2号）
网　　址	www.scwys.com
电　　话	028-86259287（发行部） 028-86259303（编辑部）
传　　真	028-86259306

邮购地址	成都市槐树街2号四川文艺出版社邮购部　610031
印　　刷	成都东江印务有限公司
成品尺寸	140mm×203mm　开　本　32开
印　　张	7.5　字　数　150千
版　　次	2014年10月第二版　印　次　2021年9月第十四次印刷
书　　号	ISBN 978-7-5411-3870-6
定　　价	28.00元

版权所有·侵权必究。如有质量问题，请与出版社联系更换。028-86259301

目录

沃尔特·惠特曼和他的《草叶集》（代序）……001
献给你，古老的事业……001
哦，船长！我的船长！……003
畅游各州……005
我听着美国在歌唱……007
未来的诗人们……008
从鲍玛诺克出发……009
普世歌……030
拓荒人！哦，拓荒人！……035
献给你……042
不忘先行人……046
百老汇游行大典……050

在我随生命之洋退潮时……056

登船掌舵……061

黑夜海滩上……063

黑夜独在海滩上……066

歌为所有的海域，所有的船只……068

波士顿民谣……070

欧　洲……074

哦，为有序曲先作歌……077

一八六一年……081

哦，时代，从你不可测知的深渊升起……083

船的城市……088

给我光彩照人、沉默不语的太阳……090

两个老兵的挽歌……094

大炮手的幻象……097

当最后的紫丁香在门庭小院绽放……099

在蓝色的安大略湖畔……114

英雄还乡……140
往前走的孩子……150
肥　料……153
未名的国度……157
歌咏审慎……160
创造的法则……165
我在长久注目……166
奇　迹……167
谁学习我完整的课？……169
哦，明星法兰西……172
驯牛人……175
拥有你的一切天赐……177
高傲的音乐，风暴……178
走向印度……189
想一想时间……206
那音乐总是在我周围……217

沃尔特·惠特曼和他的《草叶集》
（代序）

一

沃尔特·惠特曼（Walt Whitman, 1819–1892），"一个美国人，一个粗人，一个宇宙"，是美国历史上最伟大的诗人，被公认为美国的"诗歌之父"。惠特曼出生在美国纽约长岛亨廷顿区西山村。西山村位于长岛腹部，芳草如茵，风景如画，是个农牧两宜之处。那里靠近海边，能经常听到海涛拍岸的声音。诗人童年时，常在夏天到海边去拾海鸥蛋，看农民割盐草，看渔人捕鱼，看舟子驾船。长岛背脊上有杰尼斯山，山不大，但左边是洪洋，右边是海峡，气势卓尔不凡。诗人年轻时曾多次登上山顶，欣赏海阔天空的壮丽景象。可以想象，海风迎面吹来，海浪如万马奔腾，涌入眼底，这对一个年轻人的胸襟和想象力会产生怎样的影响。惠特曼只读过五六年书，十几岁就外出谋生，排字工人、木工、泥水匠、农村教师和编辑等都是他从事过的职业。惠特曼勤奋好学,利用业余时间阅读了大量世界文学名著。他创作的《草叶集》共收有诗歌三百余首,是惠特曼一生创作的总汇,代表着美国浪漫主义文学的高峰,是美国诗歌史上一座灿烂的里程碑。

《草叶集》第一版于1855年7月4日问世,两周后,爱默生(Ralph Waldo Emerson,1803－1882)致函这位素不相识的诗人,盛赞他刚刚出版的诗集为美国迄今所拥有的具有才气与智慧的最非凡的作品。这一历史性评论展示了爱默生敏锐的艺术感受力和卓越的审美才能,不仅对惠特曼的诗歌创作给予权威性的肯定和支持,而且为日后认识与研究惠特曼奠定了第一块基石。然而在此后差不多近一个世纪的时间里,惠特曼其人其诗却饱受诟病,为所谓正统文学艺术与主流文化所鄙弃,爱默生的真知灼见也犹如一种预言,与《草叶集》一道等待时间的检验。从19世纪末叶开始,在欧洲和亚洲的许多国家,一些有代表性的诗人纷纷自觉地接受惠特曼的影响,在不同创作语境中弃旧图新,拉开了世界现代诗歌发展史的帷幕。至20世纪中叶《草叶集》面世一个世纪之后,学术界和一般读者才普遍认同爱默生的见解,开始全面接受惠特曼及其诗歌,逐渐公认他为美国最伟大的诗人,并将其创作遗产纳入美国文化资源的核心部分。他的诗歌被认为体现了19世纪美国诗人对欧洲诗歌格律传统所进行的颠覆性变革，带动了美国乃至世界范围内现代诗歌的兴起。

二

《草叶集》得名于这样的一句诗："哪里有土，哪里有水，哪里就长着草。"在这个地球上，唯有草叶是最普通、最随意、最有生命力、最有冒险精神的生命体。茂盛的草叶完全象征着正在蓬勃发展的美国，也象征着诗人一生对自由的追求。在这个充满活力的书名里，饱含着惠特曼对生机勃勃的美国土地的热爱，也饱含着他对自由、民主的向往和对生命的礼赞。因此，"草叶"出现在惠特曼的诗集里成为一种含意丰富的征象，它记录着诗人一生的思想和探索历程，也反映着他的时代和国家的面貌，诗集通过"自我"感受和"自我"形象，热情歌颂了资本主义上升时期的美国。所以，《草叶集》不仅是诗人的个人史诗，也是19世纪美国的史诗，它丰富而深刻的思想内容，充分反映了19世纪中期美国的时代精神。在美国文学史上，《草叶集》成了一个源头，惠特曼成了20世纪美国现代主义诗歌运动的先驱。

惠特曼在诗歌中的力量寄托完全来源于大自然，他觉得太阳、月亮、地球，还有一切的动物、植物、一草一木，都是人类没有了解到的自然之美，代表了一种纯粹，这种纯粹就是人类与自然的和谐共存，是我们每一个人需要探索的话题。惠特曼很少孤立静止地描写大自然，他通常都是将自己的亲身经历和现实感受与自然景物融为一体，穿插描写，让自然景物和自己蓬勃向上的精神充分融合，互相映衬，互为表里。在《从鲍玛诺克出发》里，诗人写道：

当我在亚拉巴马清晨散步的时候，
我看到雌嘲鸫静卧在它的野玫瑰巢上孵化雏鸟。
我也看见了雄鸟，
我到它的近处停脚，听它鼓起喉咙纵情歌唱。

停歇间我忽然想到它的歌不单是唱在那里，
也不单是唱给它的偶伴或它自己，也不为树丛中回声回荡，
歌声细腻，悄然飘向更远的地方，
那是传递给新生命的赠予，是神秘的力量。

所以，惠特曼的所有诗歌无不负载着乐观向上的色调，无不充斥着清新鲜活的气息，无不洋溢着生命的活

力。也可以说，积极进取、飞扬向上是惠特曼对大自然灵魂的歌颂。《草叶集》里，惠特曼提到太阳不仅出现在万里碧空，而且悬挂在诗人的心头，大江大河不仅注入浩瀚无际的海洋，而且流入诗人的心里。正因如此，惠特曼才会热情地赞美充满生机和灵性的大自然，歌颂充满创造力的大自然，从而抒发着自己热爱自然、回归自然的伟大思想。他尤其着意展现美国自然的无限风光，曾多次描写密西西比河每年的泛滥和多变的急流，描写密苏里河、哥伦比亚河、俄亥俄河、多瀑布的圣劳伦斯河以及美丽雄伟的哈德森河。他相信大自然具有灵性，大自然孕育着完美的种子，无论是星辰、山岳、青草、小河，乃至小虫都有目的性，它们无时不在做着向上的运动；它们是美国的性格、灵魂和成就与渴望的反映，其中充溢着纯正的美国味。惠特曼的花、鸟、色、味都是美国的，他笔下的声音和景象都是美国的，他的表达这一切的语言也是美国的。

《草叶集》有大量诗篇颂扬普通的男人和女人，颂扬劳动者。惠特曼诗篇的歌颂主题是劳动、普通劳动者、普通人。他的目光聚于普通民众和日常生活；聚于车夫、船夫、铁匠、木匠、纺纱女、排字工、筑路工、拉纤人。他骄傲地宣称他的诗中没有了"旧世界赞歌中高大突出的人物"，而有的是"作为整个事业及未来成就的最主要的创造力量的各地普通农民和机械工人"。惠特曼用他浪漫的诗句来现平民社会的生存状态，他在《我听着美国在歌唱》中一口气列出了许多下层劳动者：

> 木匠在歌唱，一边把木板、木材丈量，
> 瓦匠在歌唱，不管在预备干活，还是在收工歌忙，
> 船工在船上唱着属于自己的歌，水手唱在汽船甲板上，
> 鞋匠坐在他的凳子上歌唱，帽匠站着唱，
> 伐木工人的歌，耕童的歌，在早晨的路上，
> 在午间的小憩，或在夕阳西下时飘扬。

很显然，惠特曼将这些体力劳动者当成了美国的象征，并用这些平凡的劳动者的精神面貌表现着美国气质，而这也正是惠特曼的平民意识的体现。"平民"一词是《草叶集》中出现频率最高的词汇之一，也是惠特曼表达思想的关键词之一。从诗集的命名来看，草叶是一种最普通、最有生命力的东西，它们默默地在土地上生根、发芽，并深深地眷恋着土地，这与普通民众有很大的相似之处，因此，草叶就是美国的普通公民。诗人用博大的胸怀深情地歌唱生活在各个阶层的人民，诗歌的主角囊括了工人、农民、士兵以及各行各业的劳动群众。可以说，惠特曼之所以受到各国读者的赞誉，在很

大程度上源于其对平民主义的呼唤；而惠特曼对自由的鼓吹和诠释，更是源于其对民主意识的讴歌。不难看出，惠特曼对于美国文化的结构具有深刻的把握和洞察，诗歌中流露出的对普通人民的崇高敬意和深厚情感，一方面来源于诗人自己的经历，另一方面来源于其对文化的深刻理解。

作为一个歌唱平民的诗人，惠特曼提倡一切的平等：种族平等、职业平等、性别平等、生命与无生命物体间的平等。诗人站在激进的资产阶级民主主义立场上讴歌美国这块"民主的大地"：

> 那里没有奴隶，也没有奴隶的主人；
> 那里的人民有权利反对被选人的无休止的胡作非为；
> 那里的男人女人勇猛地奔赴赴死的号召，有如大海汹涌的狂浪；
> 那里总是公民的头脑和理想，总统，市长，州长只是有报酬的雇用人；
> 那里的孩子们接受自己管理自己、自己依靠自己的教育；
> 那里的事件总是平静地解决；
> 那里对心灵的探索受到鼓励；
> 那里妇女在大街上公开游行，如同男子一样；

那里她们走到公共集会上,如同男子一样取得席次。

　　在惠特曼的眼中,每一个人都应当享有平等的权利。平等的世界里,没有特权,没有歧视和压制。

三

　　到了惠特曼时代,美国早已取得政治上的独立,并且在《草叶集》问世之前爱默生于1837年已经发表了被誉为思想独立宣言的《美国学者》(*The American Scholar*)。但不可否认的是,美国当时在文学、思想与意识形态上仍然依附于欧洲传统,深受维多利亚时代价值观的影响。惠特曼却敢于向传统发出挑战,强调诗人要为自己的民族歌唱,他认为美国是个与众不同的国家,它的代表是普通人民,人民的种种性格、做派、风格堪称不押韵的诗,它等待着与它相称的大手笔来充分描写。惠特曼的生活是自由的,他写诗的方式也是自由的,他没有受过专业的创作训练,他也不必按照固定的模式写作。他全面否定了以音节、重音、脚韵为基本要素的诗歌节奏,打破了以断句作为韵律基础的传统格律形式。他只是信手拈来,把心中的感受写出来,排列成长短不一的段落,好让自己的内心自由地驰骋。这种生活状态和写作形式，正是惠特曼追求自由的外化表现。他认为好的诗人会把节奏感和匀称性蕴藏在他的诗行的深处，使其本身隐而不见，却能像一丛紫丁香那样自由绽开，像甜瓜、栗子和梨那样长成致密的果实。他的诗学的基本原则是：诗的特性并不在于韵律或形式的匀称，诗歌的法则和领域永远不是外在的齐整，而是内在的坚实。由于抛弃了传统格律的束缚，惠特曼的诗句无须因为押韵的需求而跨行，往往一行就是一个短语或句子，诗行单独成为语意单元。这样，他的诗行往往出现很长的句子，而且常常自由运用各种标点符号，使其诗歌自由奔放，汪洋恣肆，舒卷自如，具有一泻千里的气势和无所不包的容量。

四

惠特曼开创了新的诗风，他认为诗歌不在于形式化的格律，而是深层次的感情，他强调情感的节奏，思想的韵律。他因此创造了一种最具惠特曼气质的诗歌形式，利用平行结构、重复、对偶、排比等手法，实现节奏的或急促、或舒缓，跌宕起伏，收放自如。1856年4月15日，林肯遇刺，诗人怀着沉痛的心情，写下了悼亡名篇《当最后的紫丁香在门庭小院绽放》。诗人在诗里设问：我该在墙壁上悬挂什么样的图画，来装饰我所爱戴的他的枢室？他继而作答：

> 成长的春天、农场，还有家居的图画，
> 绘有四月日落时的黄昏和灰白色的炊烟，晓畅显亮，
> 绘有绚丽多彩，懒懒西沉的落日，宣泄金黄的流光将空气点燃膨胀，
> 绘有芳草萋萋的牧场脚下平铺，树木繁茂，绿叶流白，
> 流淌釉彩的远景，江河隆起的胸脯，到处是微风拂起的斑斑波痕，
> 绘有河岸，山岭铺排，线条映天，远影绰绰，
> 近处的城市，民居密集，烟囱林立，
> 所有的生活场景，劳作场地，还有工人收工回家。

这样的诗句道尽了林肯对祖国的大好河山和勤劳的人民的挚爱，道尽了诗人对祖国的大好河山和勤劳的人民的挚爱，更是诗人对林肯的无限爱戴。用中文再现"惠特曼气质"，再现"情感的节奏，思想的韵律"是任何一个中译者都必须努力去做的，但又是任何一个中译者都很难做到的。掩卷想来，翻译是理性的而诗是感性的，翻译是清醒冷静的而诗有梦幻的成分，翻译是遵

循逻辑的而诗在逻辑之外，翻译者可能会青丝化雪，但译事哪得止境，功夫永远不足，而诗则是青年的艺术。所谓诗人气质，是年轻的头脑那种异乎常人的感觉方式和思维方式，可惜它常常随着那个多梦的年龄消失。所以，理想的状态可能是让一个年轻的有诗人气质的人翻译惠特曼。但我不是诗人，且也已超过了那个多梦的年龄，我不过是个想入道的翻译爱好者。所以译品的不尽人意之处我恳请读者批评指正。

姜焕文

献给你,古老的事业

献给你,古老的事业!
举世无双,激情满怀,美好的事业是你,
庄重严肃,不屈不挠,甜蜜的理念是你,
历经不同的时代、种族、国度,只有你不消失,
一场奇特、悲伤、为你而战的非凡的战争之后,
（我想,所有时代的一切战争,过去的、将来的,实实在在都是为你而战,）
这些歌献给你,你行进的脚步永不停息。

（哦,战士,不仅仅是为战争本身而战争,
更多的战士在战线后方静静等待,如今在这部书里行军。）

你是众多眼睛的眼睛!
你是激情澎湃的规则!你是保存完好、潜力无限的根芽!你是中心!

战争在绕着你的理念滚动,
伴随多样的理由愤怒剧烈地演进,
(成效卓著,千载难逢,)
为你写下这多宣叙的诗——我的书与战争合二为一,
我和我的一切融入书的精神,因为竞技胜负取决于你,
就像轮子围绕着轴,这部书在不知不觉中,
围绕着你的理念。

哦,船长!我的船长!

哦,船长!我的船长!我们惊恐的航行已经结束,
航船经受住了每一次磨难,赢得了我们孜孜以求的嘉奖,
港口近在眼前,钟鸣声声入耳,人们欢呼雀跃,
望眼随着平稳的船体,大船坚毅而有胆量,
然而,哦,心脏!心脏!心脏!
哦,滴滴殷红的血,
那甲板上静躺着我的船长,
倒下,冰凉,死去。

哦,船长!我的船长!起来吧,听大钟鸣响,
起来吧——旗帜为你飘扬——军号为你啭唱,
花束、饰着彩带的花环献给你——海岸人山人海,是因为你,
翻卷的人群,他们为你呼号,热切的脸,张张转向你,

这是船长！是亲爱的父亲！
你枕下的这只手臂！
在甲板上是一场梦魇，
你已倒下，冰凉，死去。

我的船长不作回答，他双唇惨白、冷僵，
我的父亲，感觉不到我的手臂，他没有了脉搏，没有了愿望，
航船锚定，安然健朗，它的航程告结，任务完成，
大船从惊恐的旅程胜利归航，目标已实现，
欢呼吧，哦，海岸！鸣响吧，哦，大钟！
然而我，迈起悲伤的脚步，
走在甲板上，我的船长静躺着，
倒下，冰凉，死去。

畅游各州

畅游各州,我们出发,
 (嗨!歌声催人,畅游世界,
从这里起航,去每一块陆地,去每一片海洋,)
我们愿意学会一切,传授一切,热爱一切。

我们眼看着季节循环,传递不息,
 我们说,世间男女为什么不能与四季同往复,与四季同光辉?

遇城遇镇,我们短暂歇脚,
 我们穿过加拿大、东北部,密西西比大河谷,还有南方各州,
 在每个州,我们交谈相似的话题,
 我们审视自己,邀约男女老幼倾听,
 我们告诫自己,切记敢作敢当,胸怀坦荡,身体和灵魂开放,

歇一歇脚，继续走路，乐与人和，温文尔雅，纯洁高尚，富有吸引力，

你所发散的一切接着就有轮回，好比四季的轮回，

会像季节循环，不穷不尽。

我听着美国在歌唱

我听着美国在歌唱,不一样的赞歌耳畔回响,
机械工人们,人人有自己的歌,唱得欢快,充满力量,
木匠在歌唱,一边把木板、木材丈量,
瓦匠在歌唱,不管在预备干活,还是在收工歇忙,
船工在船上唱着属于自己的歌,水手唱在汽船甲板上,
鞋匠坐在他的凳子上歌唱,帽匠站着唱,
伐木工人的歌,耕童的歌,在早晨的路上,在午间的小憩,或在夕阳西下时飘扬,
甜美的歌,唱自母亲,唱自忙碌着的少妇,唱自缝纫浆洗的姑娘,
人人唱着自己的歌,不把别人模仿,
白天唱着白天的歌——夜来聚会,年轻的人,充满活力,友好善良,
放开歌喉,唱出他们有力、优美的乐章。

未来的诗人们

未来的诗人们！未来的演说家们，歌唱家们，音乐家们！

不必在今天证实我，应答我的追寻，

但你们，在这里新生，在这里土长，在这里茁壮，属于新大陆，远胜前人，

崛起吧！因为我必由你们证实。

我自己仅仅写下描述未来的三言两语，

我自己仅仅是前进一时一刻，而后匆匆转头，回到黑暗中。

我信步走来，欲止又进，随机瞥你一眼，接下来转过脸去，

留待你们证实确立，

期待你们创造主要的功绩。

从鲍玛诺克出发

1

从形状像鱼的鲍玛诺克,我出生的地方,出发,
继承父亲不凡的血统,优秀的母亲养我长大,
信步走遍了许多大地,喜爱熙熙攘攘的街路,
曼哈顿,我的城市里,抑或南方稀疏点点的草原上我曾居住,
或者是一名也许宿军营也许扛背包、长枪的兵,或者是加州一矿工,
或者在达科他森林中的陋屋,吃猎得的肉,喝泉中的水,
或退居某个幽深秘处,沉思、面壁,
远离人群的喧嚣,度过快乐幸福的每时每刻,
熟知密苏里清新自由、物产富裕如流,熟知尼亚加拉的威力,

熟知平原上吃草的水牛群，那皮毛丰厚、胸膛健壮的公牛，
熟知大地、岩石，五月的花里有我的经历，星宿、雨雪，我的惊羡，
研究过了嘲鸫的音调和山鹰的飞翔，
黎明听到了隐蔽在沼泽杉树上的歌鸫，那是绝响，
独来独往，在西部放歌，新世界的赞歌我开始演唱。

2

胜利、联盟、信念、个性、时光，
不可解除的协约，财富，奥秘，
永无止境的进取，宇宙，还有现代的公报。

原来，这就是生活，
经历过太多的痛楚、抽搐，这是最终的呈示。

多么令人神驰！多么真实！
脚下是圣土，头顶是太阳。

看地球在转，
远古时的大陆抱团，却依旧分离，
现在与未来的大陆，各分南北却有地峡互通。

看,广袤的没有人迹的空野旷地,
像梦一样的幻变,又迅速充实,
数不清的人群拥上这空旷去处,
到处是一流的人们、艺术、社会团体,闻名于世。

看,在时间长河的规划里,
有我无穷无尽的听众。
他们迈开坚实规整的脚步,从不止息,
出征人的行列,美国人,千百万,
一代人完成自己的使命,向前行进,
又一代人紧接着完成自己的使命,向前行进,
或侧面向我,或回头向我,倾听,
回味的目光望着我。

3

美国人!征服者!人道主义远征!
一路引领!世纪远征!自由!民众!
一套颂歌献给你们。

歌颂大平原,
歌颂密西西比,源远流长,直下墨西哥海,

歌颂俄亥俄,印第安纳,伊利诺伊,艾奥瓦,威斯康星,还有明尼苏达,
歌声从堪萨斯中心飞出,从那里以不相差异的距离,
用不停息的火一样的冲动搏放,让所有的颂歌生机昂扬。

4

带走我的草叶诗,美国,带它们到南部,带它们到北部去,
让它们处处受到欢迎,因为它们是你的孩子,
从东部从西部怀抱它们,因为它们乐意怀抱你,
你们为先行,用爱与它们连起,因为它们用爱连起你。

我已熟谙过去的时代,
在大师的脚下正襟危坐,潜心研读,
哦,现在是否合理,大师们也许该回头把我研读。

以这许多州的名义,我可否蔑视古董陈迹?
嗨,这些是古董陈迹的后裔,可以为它证实。

5

死去的诗人、哲学家、牧师,
烈士、艺术家、发明家、许久的各类政府,
其他陆岸上的语言奠基者们,
昔日强大,但如今衰落、退缩,抑或荒芜的民族,
我以崇敬的心笃信你们的遗产,才敢续下去,
我研读过你们的遗产,承认它们值得崇拜,(进入其中,穿行一时,)
想必那是伟大中的伟大者,世间万象中的最值得颂扬者,
长时间全神贯注于它们,而后再舍弃,
在自己的时代找到自己的位置站起。

这是女人男人的乐土,
这是男男女女、代代相传的世界,这是物质的火焰,
这是精神的女译员,是公开盟誓,
开拓不息,有目共睹的最终形式,
是蓄势已久的等待之后,现在踏上行程的履约人,
来了,这是我的女主人——灵魂。

6

灵魂,

永不熄灭,地久天长——比褐色的坚实的土壤更长久——比潮落潮涨更长久。

我愿写出物质的诗,因为我想物质的诗才是最富精神的诗篇,

我愿写出我身体的诗,写出死亡的诗,

我想,那时我将灵魂的诗、永垂不朽的诗送给我自己。

我将为这许多州作歌,好教任何一个州在任何情势下不从属于另一个州,

我将作歌,好教所有的州之间,两两州之间,日夜修好,

我将作歌,让总统倾听,充耳是武器,伴着威胁的说辞,

在武器背后是无数的失望的面孔,

我举众人的力作成独夫的歌,

伶牙俐齿,光亮点点,独夫驾临众人之上,

顽固好战的独夫操控众人,凌驾众人之上,

(其他任何人不论抬头多高,独夫那颗头总驾临众

人之上。)

我会承认当代的各国,
我会追踪全地球的全部地理,向每一个大大小小的城市毕恭毕敬,
各行各业!我会在诗里写入,陆上、海上的英雄气概与你们在一起,
我会从美国的视角报道所有的英雄气概。

我会吟唱同伴的歌,
我会展示最终是什么凝练这一切,
我相信这一切将奠基他们自己的大爱理想,让我叙述。
于是我会让威胁着要吞噬我的熊熊火焰从我燃起,
我会移除对闷燃的火焰的太过长久的压制,
我会让它们完全丢开压制,
我会写出友与爱的福音诗,
因为除了我谁人懂得,爱伴着悲喜交集?
除了我谁会为同伴作诗?

7

我容易相信不同品质、不同年龄、不同种族的人,
我从具有自己精神的人群中走来,

这里唱出的是不受约束的信仰。

所有的人！所有的人！让其他的人们想漠视什么就漠视什么吧，
我也写有关罪恶的诗，我也记录罪恶，
我本身善恶对半，我的国家——我看其实没有罪恶，
（或者如果有，我要说，它于你于国或于我，跟其他一切存在一样，同等重要。）

我仿照许多人，许多人又仿照我，我也创立了一种信仰，我入道了，
（也许命定我要在那里喊出最大的声音，胜利者震耳的喝彩声，
谁知道？也许这喝彩声从我升起，直冲万物之巅。）

事事人人，概不为自体而存在，
我要说，地球还有天空的群星，一切为信仰而存在，
我要说，人类的虔诚不曾足半，
人类的景仰或崇拜不曾足半，
人类不曾想到自己是多么的神圣，未来是多么的令人信心十足。

我要说，这许多州实在而永久的宏伟辉煌定然是他们的信仰，

否则就没有实在而永久的宏伟辉煌，

（没有信仰，人格与生命尽皆当不起它们的名称，

没有信仰，就谈不上乡土家国，男男女女。）

8

年轻人你在做什么？

你就这样热望着，这样投身文学、科学、艺术、爱情吗？

投身这些表象遮盖下的现实、政治、主义吗？

投身于你的什么抱负或什么实业吗？

那没有错，我不想辩驳一词，我也是它们的诗人，

但要看清，它们会因信仰而迅速消退，化为灰烬，

因为举凡物质，并非尽是遇热、遇火、遇世间基本生命就燃烧，

信仰也不轻而易举让这一切燎原。

9

你如此沉默,深入思索,是要寻求什么?
你需要什么,我的伙计?
好小子,你以为那就是爱?

听着,好小子——听着,美国,女儿或是儿子,
过分地钟爱一个男人或女人是痛苦的,可它能给人以满足,它是非凡的,
然而更有非凡的人与事,会使整体作合,天衣无缝,
会富丽堂皇,超越物质,用川流不息的手,抚慰、给养着万事万物。

10

但愿你懂得,在土地里植下更伟大的信仰的胚芽,
我来吟唱以下的歌,句句赞颂它。
我的同人!
与我分享两个伟大,正在耀升的第三个伟大包容万象,辉煌有加,
博爱、民主是伟大,还有信仰也伟大。

内含的、显在的,把我的信念合成一家,

就像溪流倾注入神奇的大海,
物质的预言灵性萦绕着我,闪着微光,
不同的生命体,不同的本性,毫无疑问在我们近处的空间生存,而我们却浑然不觉,
不舍时日,挥之不去,让我不得置身局外,
这一切在做出选择,暗示着向我索求。

从孩童时起每天亲吻我,
围绕着我手舞足蹈,就这样让我离不开他,
同样不假,我也离不开天堂,离不开精神世界的管辖,
因为它们感召着我,启示我生的主题。

哦!这样的主题——平等!哦,神圣的平等!
太阳下的婉转鸣唱,引向早晨、正午,或夕阳,
铿锵的乐声,穿过岁月,流向今天,
我接过你豪放的和弦,添上新的音符,兴高采烈,将它们传递向前。

11

当我在亚拉巴马清晨散步的时候,
我看到雌嘲鸫静卧在它的野玫瑰巢上孵化雏鸟。
我也看见了雄鸟,

我到它的近处停脚,听它鼓起喉咙纵情歌唱。

停歇间我忽然想到它的歌不单是唱在那里,
也不单是唱给它的偶伴或它自己,也不为树丛中回声回荡,
歌声细腻,悄然飘向更远的地方,
那是传递给新生命的赠予,是神秘的力量。

12

民主!就在你的身边,一个喉咙正在鼓起,纵情歌唱。
我的妻子,为了我们的后代的后代,也为了我们的后代,
为了生存在这里的人们,也为了后来人,
他们让我欣喜若狂,准备颤声唱出那地球上能听见的最慷慨激昂的颂歌。

我会创作激情的歌,让歌声飘扬,
冒犯者们止于你的歌,因为我亲情的目光扫视着你,我同样的亲情伴着你。

我要创作财富的真实的歌,

为肉体也为思想挣得必有的、可继续拥有的、不因死亡而丢弃的收获；

我想张扬自我，呈示自我为万事基石，我将写出人格之诗，

我要呈示，男性女性只是彼此的对等，

性器官、性行为，概不例外！只愿在我这里聚齐，因为我决意用勇敢清晰的嗓音对你们讲话，证实你们卓越杰出，

我要呈示，现在不存在不完美，将来也不会，

我要呈示，发生在任何人那里的任何事，终会走向尽如人意的结局，

我要呈示，没有什么会比死亡更如人意，

我要在我的诗中贯穿一条主线，时间和事件紧密合一，

宇宙的一切是完美的奇迹，深邃、丰富，不分伯仲叔季。

我作的诗不只系于不同的局部，

我的诗，我的歌，我的思想，会系于总体，

我的歌不只唱给某一天，而要唱给所有的日子，

我的诗无不系于灵魂，最微不足道的局部也莫不如此，

因为观察过了宇宙的客体，我发现无一不与灵魂紧系，些小微粒也莫不如此。

13

有人在要求见到灵魂?

看清你自己的形体与面容,人员,物质,走兽,树木,奔腾的小河,岩石还有沙子,

这一切都包含着精神的愉悦,而后把它们释放天地间,

实在的身躯怎么可能死去又被埋葬?

你的实在的身躯,任何男人和女人的实在的身躯,

每个部件都会躲过净尸工之手,走向当之无愧的天宇,

搭载着从出生时刻到死亡时刻的加增。

印刷机印出的文字还原不了它们的印象、意义和主旨,

同样的,男人的物质与生命或女人的物质与生命,

也不在身躯和灵魂中还原,

死前死后,概无差别。

且看,身躯所包容者就是意义,主旨所包容者就是灵魂,

不管你是谁,你的身躯或它的某个部分是多么超凡脱俗,多么受赐于天!

14

不管你是谁,无尽的宣言需你知道!
大地的女儿,你曾在等待你自己的诗人?
你曾在等一位张口滔滔不绝,动笔文思泉涌的诗人?

对着这多州的男人,对着这多州的女人,
欢欣的话语,献给民主的大地的话语。
山水相依、物产丰饶的大地!
煤炭、钢铁之地!黄金之地!棉花、蜜糖、水稻之地!
小麦、牛肉、猪肉之地!羊毛、大麻之地!苹果、葡萄之地!
地有世界牧场、草原!地有香甜的空气、绵延的高原,
地有畜群、花园、土坯筑成的房屋,宜人居住,
西北哥伦比亚、西南科罗拉多蜿蜒经过的大地!
东切萨皮克之地!特拉华之地!
安大略、伊利、休伦、密歇根之地!
建国十三州之地,马萨诸塞之地!佛蒙特和康涅狄格之地!
地有大洋之岸!地有锯齿状山脊起伏,山峰耸立!
舳公水手的乐土,渔人的乐土!
浑然无间的大地!簇拥在一起!真情激荡的大地!
肩并着肩!有长有幼的兄弟!甚至四肢羸弱的兄弟!

伟大的女性的乐土！娇柔妩媚！富有经验的姐妹，涉世不深的姐妹！

生机远扬的土地！北冰洋拥抱！墨西哥的风吹拂！不拘一格！紧紧凑结一体！

宾夕法尼亚！弗吉尼亚，南北卡罗来纳！

哦，我挚爱每一个地方，挚爱所有的地方！我无畏的家邦！哦，纵然沧桑变迁，我用完整的爱，热拥着你们！

我不能与你们分离！不愿与任何一个分离！

哦，死亡！哦，我未见过你，尽管如此，此时此刻我依然属于你，满怀无法抑制的爱，

漫步新英格兰，一个朋友，一个游子，

在鲍玛诺克的沙滩上，在夏日的波浪边，我赤着脚，踩起水花，

横穿大平原，又在芝加哥小住，在每个小镇小住，

眼观展出，诞生，革新，建筑，艺术，

公共大厅里，聆听男演说家，女演说家，

平生属于各个州，平生走遍各个州，与每一个男人、每一个女人为邻，

路易斯安那人，佐治亚人与我比邻，就像我与他还有她比邻，

还有密西西比人、阿肯色人与我在一起，我也与他们中的每一位在一起，

还要在脊柱大河西边的平原上,在我的土坯屋子里,
　　还要东返,还要在滨海之州,或在马里兰州,
　　还要像加拿大人欣然勇敢对冬天,冰天雪地我最宜,
　　还要做缅因州,或花岗岩之州,或纳拉甘西特海湾之州,或帝国之州真正的儿子,
　　还要航行去其他海岸,得同样的收获,还要欢迎每位新的兄弟,
　　就这样,从新诗与旧诗联袂的那一刻起,把这多草叶用于新诗,
　　我自己到新诗中间,做它们的盟友、同伴,现在亲自向你们走来,
　　邀约你们与我一道,面对这许多行动,许多人物,许多景色。

15

　　与我一道踏稳步伐,还要匆忙继续赶路。

　　因为你的生命与我连在一起,
　　(我会受劝多次才同意把我自己真正奉献给你,但那有什么要紧?
　　大自然不也需要受劝多次吗?)

我谈不上精美玲珑,甜蜜温柔,

我来了,胡须满腮,日灼遍体,颈项黝黑,令人生畏,

要赢得宇宙间实实在在的奖励,我一边行进一边与人竞斗,

不管谁人有毅力获胜,我都会乐意奉陪。

16

在行进的路上我停歇一时,

这是因为你!这是因为美国!

我依然把现在高举,我依然把各州的未来预测,令人欣喜,壮丽辉煌,

至于过去我要宣布,大气为红皮肤的土著人的遗留。

红皮肤的土著人,

丢下了自然的呼吸,丢下了风声雨声,还有森林中鸟兽的嘶鸣,讲给我们一系列的名称,

奥克尼,库萨,渥太华,莫农格希拉,索克,纳齐兹,查特胡奇,卡坎塔,奥罗诺科,

沃巴什,迈阿密,萨吉诺,奇铂瓦,奥什科什,沃拉沃拉,

丢下这许多，他们融入各州，他们走了，给水系和土地赋予这些名称。

17

从此快速地扩疆拓土，
自然，种族，适应，骚动，敏捷，勇敢，
世界又重新开始，光辉的前景在不断地延伸、蘖生，
一个新的种族主导了先前的种族，遥遥领先的优势，有新的竞争，
新的政治，新的文学，新的宗教，新的发明和新的艺术。

我的声音宣告这一切——我将不再酣睡，而要崛起，
在我胸中一直平静着的各大洋！我怎么感受你们，深不可测、汹涌澎湃、酝酿着史无前例的巨澜风暴。

18

看，汽船在我诗间运行航渡，
看，在我的诗里，移民源源不断，舶来登陆，
看，紧跟在后，棚屋，曲径，猎户的茅舍，木筏小舟，玉米叶，领属地，简陋的围篱，荒林中的村子，

看，在一边是西海，而在另一边是东海，他们如何在我的诗里潮涨、潮落，就像在它们自己的海滩上，

看，我的诗里的牧场森林——看，那野生的、驯养的动物——看，在考河的另一边，无数水牛群啃食曲卷的矮草，

看，我的诗里，内陆城市坚实开阔，有铺砌的街，有铁石筑起的大厦高楼，车水马龙，更兼商贸繁荣，

看，这多气缸的蒸汽印刷机——看，电报横跨大洲，

看，穿透大西洋底，美洲的脉搏抵达欧洲，欧洲的脉搏如期返回美洲，

看，强壮快速的机车在起程，喘着粗气，汽笛高吼，

看，耕夫耕田忙——看，矿工采矿——看，数不清的工厂，

看，机械师操着工具在他们的工作台忙乎——看，高级法官、哲学家、总统身着工作服出现在他们中间，

看，我在不同州的店铺里、田野里徜徉，日日夜夜，宠爱紧裹，让我备享，

听那边我的歌高亢的回声——读一读最终出现的种种暗示。

19

哦,亲密的战友!哦,最终是你和我,只有咱俩。

哦,一个词扫清前途的无穷无尽的路,

哦,这样的事,令人陶醉,又不可言喻!哦,粗犷的音乐!

哦,现在我胜出——你也将如此,

哦,手牵着手——哦,健康向上的乐趣——哦,又是一个追求者、喜好者,

哦,踏稳步伐,匆忙赶路——与我不舍分秒赶路,赶路。

普世歌

1

诗神说,请吧,
给我唱一曲诗人不曾唱过的歌,
把普世歌唱给我。

我们所居的广袤的大地上,
铺天盖地的污秽沉渣,
核心之中安然包裹着,
完美的种子的雅居。

每一个生命都享有它或多或少的一份,
　人人出世无不由他做伴,或隐藏或显露,种子在等待萌生。

2

看哪！科学高耸如塔，慧眼明察，
像从峰顶俯瞰现代，
接连发布不可动摇的定律、法则。

再来看！灵魂在一切科学之上，
为有它，历史好像外壳，集聚在地球的周围，
为有它，数不清的星群全都在天宇间滚转。

盘盘折折漫漫上升的路上，
（好似海上抢风航行的船只，频变方向，）
为有它，局部水流流向久长，
为有它，使现实走向理想，
为有它，才有神奇的进化，
不单正义得以证实，我们所称的邪恶也得以证实。

世间万象的面具之下，
从庞大、腐朽的主干，从诡计、狡诈、眼泪，
呈现出健康、喜悦，普世的喜悦。

出自主体、病态与浅陋，
出自罪恶的大多数，

人类、国家形形色色、不计其数的欺诈,
电一样传播,依然有抗菌力,黏附、充斥着一切,
唯有良善可谓普世。

3

大山上长出的作物,上方悬浮着疾病、悲伤,
一只未被浸染的鸟,一直在孤飞、盘旋,
高高地在更清纯、更洒脱的空中。

缺陷犹如昏黑的云层,从中,
常能射出一缕完美的光束,
那是天堂的荣耀闪现。

风尚参差,习俗相异,
疯狂莫辨的噪声,震耳欲聋的狂欢,
每当暂得宁静,恰能听见的乐段飘飘入耳,
从遥远的海岸,传来曲终的合唱。

哦,神佑的眼睛,欢乐的心,
看见了,领悟了,纤细的向导线路,
穿过庞大的迷宫。

4

关于你,美国,
为有策划的峰巅,它的思想,它的现实,
为有这多你已取得的成就(不为你自己)。

你也环抱着万物,
拥抱、承载、畅迎着万物,你也经由宽阔、崭新、且另辟的蹊径,
朝着理想走去。

其他国度,那些字斟句酌的信念,那些昔日的辉煌,
都不属于你,而你自己的辉煌,
在于神圣化的信念,纳百川的胸怀,吸收、包容万物,
一切都是那么和谐顺畅。

万事万物只为流传不竭,
爱就像光默默地把万物包裹,
大自然的改善能力赐福万物,
百卉绽放,岁月的果实,神圣而可信的果园,
形态、目标、成长、人性,都在成熟,成为精神形象。

赐予我吧,哦!上帝,让我讴歌那种思想,

把这永不泯灭的信念,赐予我,赐予我所钟爱的他和她,

在你的宏大的天宇,请把一切禁绝向我们开放,

深信时间、空间,都装满着你的计划,

健康、和平、拯救,是普世的特性。

这是梦吗?

不是,但缺了它则是梦,

没有了它,生命的学问和财富是一场梦,

整个世界是一场梦。

拓荒人！哦，拓荒人！

来吧，我的孩子们，太阳让你们的肤色棕红，
遵守秩序，备好武器，
有枪了吗？斧子磨利了吗？
拓荒人！哦，拓荒人！

我们不能在这里逗留、徘徊，
亲爱的孩子们，我们必须向前，我们必须挺住面临的危险，
我们是年轻健壮的种族，其他种族有赖我们的力，
拓荒人！哦，拓荒人！

哦，你们年轻人，西部的年轻人，
耐不住的渴望，行动力奔放，男子汉的豪迈，友情激荡，
我看得清，西部年轻人脚步坚实，行列头阵，
拓荒人！哦，拓荒人！

老年先族可曾犹豫？

他们是否结束课业把头低？是否疲惫，在大海彼岸歇息？

我们接过他们永久的任务，挑起他们的重担，继续他的课业，

拓荒人！哦，拓荒人！

过去的一切留在过去，

我们走进更新更强的世界，多彩的世界，

我们抓住鲜活有力的世界，劳动、远征的世界，

拓荒人！哦，拓荒人！

偏见分歧我们不断摒弃，

走下山脊，走过关卡，登上峻峭的高崖，

征服，控制，勇敢，冒险，我们走上未知的路，

拓荒人！哦，拓荒人！

我们伐倒原始林木，

我们堵江填河，我们重排山川，深探矿山，

我们勘遍开阔的地面，我们掘起人未涉足的沃土，

拓荒人！哦，拓荒人！

我们是科罗拉多的人,

我们来自巍峨的山巅,来自绵延不尽的丘峦,来自辽阔无边的高原,

来自矿山,来自大川,来自狩猎场的小路,

拓荒人!哦,拓荒人!

来自内布拉斯加,来自阿肯色,

我们是中部内地族,来自密苏里,有大陆的血统,

所有同人手携起手,所有南部人、北部人,

拓荒人!哦,拓荒人!

哦,无可匹敌、奋斗不息的种族!

哦,最可爱的种族!挚爱所有人,我的胸膛因柔情而作痛!

哦,我心怀忧伤却欣喜,爱所有人让我如醉如痴,

拓荒人,哦,拓荒人!

抬高强大的做了母亲的女主人,

高高在上细致优雅的女主人,煜煜如星、超越一切的女主人,(弯下所有人的头,)

抬高伶牙俐齿、争强好胜的女主人,严厉自专、冷血无情、手握利器的女主人,

拓荒人!哦,拓荒人!

看吧，我的孩子们，我意志坚定的孩子们，
我们的后盾有那些人群，我们永远不可退缩或失去勇气，
上溯若干年代，千百万已化作幽灵的人们皱着眉，在我们身后催进，
拓荒人！哦，拓荒人！

紧凑的队伍在行进不停，
新增者随时在待命，死者的位置迅速填充，
经历战斗，经历失败，前赴后继，永不停息，
拓荒人！哦，拓荒人！

哦，继续前进，慷慨赴死！
我们中是否有人凋谢倒下？死亡的时刻是否来临？
征程中捐躯，死得最值，留下的空缺，定能很快填补，
拓荒人！哦，拓荒人！

世界上的一切脉冲，
合着拍它们为我们跳动，随西部的节奏跳动，
团结协作如一人，步调稳健向前挺进，都是我们的使命，
拓荒人！哦，拓荒人！

生活是复杂多样壮观的场面,
所有模式,所有呈示,所有忙碌着的工作的人们,
所有的海员,所有的陆工,所有的奴隶主和他们的奴隶,
拓荒人!哦,拓荒人!

所有沉寂的不走运的恋人,
所有监牢里的囚众,所有正派的、邪秽的人,
所有高兴的、悲伤的人,所有活着的和垂危的人,
拓荒人!哦,拓荒人!

我也有我的灵魂、肉体,
我们,一个奇妙的三重曲,我们选定了路,行进漫步,
穿越暗影之间的海岸,异象逼近,
拓荒人!哦,拓荒人!

看,轨道上天体飞奔,
看,周围的兄弟天体,所有簇拥着的行星、太阳,
所有光照耀眼的白天,所有神秘多梦的夜晚。
拓荒人!哦,拓荒人!

这一切属于我们,这一切和我们一道,

万事开头,须努力工作,后继者们,紧跟着,预备着,等待着,

我们引领今天的游行,我们开辟旅程前进的路,

拓荒人!哦,拓荒人!

哦,你们,西部的女儿!

哦,你们,年轻的、年长的女儿!哦,你们是母亲,你们是妻子!

你们永远不分离,在我们的行列里,你们的行动,团结一致,

拓荒人!哦,拓荒人!

诗人、歌手在大平原蛰伏,

(异邦僵死的诗人们,你们该休息,你们已做完了自己的事,)

不久我就听见你们活跃起来,歌声婉转,不久你们起立跟上我们的脚步,

拓荒人!哦,拓荒人!

不为甜蜜的欢愉,

不是靠垫与拖鞋,不是安宁与好学,

不是包裹严实、安然无恙的财富,我们不求平淡乏味的快活,

拓荒人!哦,拓荒人!

贪吃者是否在享用美食?
肥胖嗜睡者是否睡去?他们是否锁上了门,插好了门闩?
粗糙的食谱,地面铺上毯子,依旧是我们的生活方式,
拓荒人!哦,拓荒人!

黑夜是否西垂?
最近的路是否走得辛苦?我们是否泄气停步,在路上打起瞌睡?
然而到了赶超时刻,我在不知不觉中停步,给你让路,
拓荒人!哦,拓荒人!

直至号角吹响,
遥远处,黎明的呼唤传扬!——听吧!多么嘹亮清脆的音律飘来,
赶快!到大军的头排!——赶快!跃起身,各就位,
拓荒人!哦,拓荒人!

献给你

不论你是谁,我都担心你在沿着梦游的小路独行,

我担心这许多设定的现实将从你的手下、脚下消融,

即便时下,你的特征、欢欣、言语、房屋、职业、举止、烦恼、愚蠢、服装、罪过,从你身上散失,

你真实的灵魂、肉体依旧展现在我面前,

它们出色地操持事务,出色地操持贸易、店铺、工作、农场、衣服、房子、购买、出售、吃喝、受苦、死亡,

不论你是谁,现在我的手放到你身上,你变作我的诗吧,

我轻弹双唇,近近地对你耳语,

我喜爱过许多男人女人,但我爱他人不会超过爱你。

哦,我过去拖沓木讷,

我本该老早直接走向你,

我本该除了你,不谈不说别的任何人和事,我本该除了你,不吟不唱别的任何人和事。

我将抛开一切来为你谱写赞歌，
没人理解你，但我理解你，
没人公正看待你，你也不曾公正看待你自己，
没人不挑你的瑕疵，唯有我看不见你的什么不是，
没人不想教你驯服，我是唯一的人，永远不乐意教你只知驯服，
我是唯一的人，不把主人、上司、强势者、上帝凌驾于你的天性之上。

画师们绘出了他们的密集群体和众人的中心人物，
从中心人物的头上散射出金色光环，
但我绘出的众多人头，每个人头上无不散射出金色光环，
出自我的手，每个男人女人的大脑金光流溢，辉泻永远。

哦，我能唱出这多你的辉煌、你的荣耀！
你不知晓你是什么，平生枕着自己沉睡，
你的眼皮大多时间近乎合闭，
你做的一切的回报，不乏嘲弄弯曲，
（你的俭朴，你的学识，你的祈祷，如果它们的回报不是嘲弄弯曲，会是什么？）

嘲弄弯曲不是你,

我看见你潜藏在它们的背后、中间,

我到别人不曾追寻过你的地方追寻你,

沉默,书桌,放浪的言辞,黑夜,习惯了的规矩,假如这一切把你和别人,或把你和你自己隔离,它们不把你我隔离,

精心修理的脸面,顾盼不定的眼神,包含杂念的表情,如果这些能妨碍他人的视线却遮蔽不了我的眼睛,

衣不得体,态度扭曲,酒醉酩酊,贪欲无度,死于非命,这一切我都能搁置。

男人或女人的天赋,没有哪一种不合乎你,

男人或女人具备的美德、美丽,没有哪一样你不具备,

别人拥有的勇气、毅力,没有哪一样你不具备,

快乐在等待着别人,同样的快乐也等着你。

至于我,我不给任何人任何赠予,只要把它小心翼翼送给你,

我宁愿不为任何人甚至上帝唱荣耀的颂歌,也要把荣耀的歌唱给你。

不论你是谁!拿出勇气,认定你自己!

东方西方的炫示与你作比，只是平淡无奇，

这些草地广阔无垠，这里的江河奔流不息，你也一如它们，广阔无垠、奔流不息，

这里有恼怒，原始力，风暴，大自然的运动，生离死别的痛楚，你就是那男主人或女主人，驾驭他们的主体，

男主人或女主人，用你自己的能力驾驭大自然、原始力、痛苦、激情、死亡。

羁绊从脚踝掉落，你感到了无所不为的动力与效率，

老人或年轻人，男人或女人，大老粗，乡巴佬，遭受遗弃的人，不管你是什么，都该勇敢地宣扬，

举凡出世、生活、死亡、埋葬，经历应有尽有，无缺无差，

举凡愤怒、损失、野心、无知、厌倦，你是什么，请选择道路。

不忘先行人

1

不忘先行人,

不忘父亲、母亲,还有过去的岁月的沉积,

不忘所有的一切,如果不是它们,我就不会像现在这样活在这里,

不忘埃及,印度,腓尼基,希腊,还有罗马,

不忘凯尔特人,斯堪的那维亚人,阿拉伯人,撒克逊人,

不忘远古的海上探险,法典,工匠,战争和旅行,

不忘诗人,格律诗人,英雄史诗,神话,神谕,

不忘奴隶买卖,不忘古道热肠的人们,不忘行吟诗人,十字军和修行人,

不忘旧大陆,我们是从那里出发,移来新大陆,

不忘衰败了的王国和那里的国王,

不忘衰败了的宗教和牧师,

不忘小海滩,我们从目前拥有的大海滩向它们回望,

不忘无数个年年岁岁,它们向前演进,到达目前的年月,

你和我已经到达——美国已经到达,造就了今年,

今年,推动着自己,为无数个将来年年岁岁的率先。

2

哦,但那不是年岁——那是我,那是你,

我们触及所有的法典,关联所有的先行人,

我们是格律诗人,是神谕,是修行人和骑士,我们很容易包括他们甚至更多人,

我们站在没有开端、没有终结的时间的中间,我们站在善与恶的中间,

一切绕我们往复运动,黑暗和光明一样多寡,

太阳本身绕我们往复运动,它的行星系绕着我们,

星系的中心,中心所在的星系一样,一切绕我们往复运动。

说到我,(疲惫、暴烈,在这激昂的日子里,)

我思考一切,代表一切,相信一切,

我相信,唯物主义是真理,唯灵主义是真理,我不排斥任何一方。

（我忘记什么了吗？忘记过去了吗？

不管是谁，不管是什么，向我走来，直至我认可你们。）

我尊重亚述、中国、条顿尼亚，还有希伯来民族，

我接受每一种理论，神话，神仙，半神半人，

我明白，古老的记载、圣典、世谱，没有例外都是真理，

我坚信过去的日子都达到了它们该有的高度，

它们不再可能比往日所达到的高度更高，

今天就处在它应有的高度，美国就处在它所应有的高度，

今天和美国不再可能比它们正在达到的高度更高。

3

以这许多州的名义，以你我的名义，过去时光，

以这许多州的名义，以你我的名义，眼前时光。

我知道过去是伟大的，未来是伟大的，

我知道二者奇妙地在现在结合，

（为有他的缘故，我做代表，为有寻常普通人的缘故，如果你是他，也为有你的缘故，）

今天我到哪里或你到哪里，那里就是一切时光、一切种族的中心，

对我们而言，那里就是种族和时光里已经发生，或将要发生的一切的意义。

百老汇游行大典

1

越过西海,从日本到这里来,
彬彬有礼、面颊黝黑、佩带双剑的使者,
后仰着坐在四轮敞篷马车上,头不戴帽,表情庄重,
今天乘车走过曼哈顿。

自由!不知别人是不是看得见我所眼见,
与日本的绅士们游行,那专供差使的人们,
列后队、逗留前后左右,或行进在列队中,
但我要送你一支歌,唱出我所眼见,自由。

当赤足百万的曼哈顿,不受约束在人行道上随意落脚,
当暴如霹雳的枪炮,用骄傲的我爱听的狂吼惊醒我,
当圆口的枪炮从我所喜爱的烟雾和气味中吐出它们的致敬,

当喷射火焰的枪炮，让我全然警觉，升空的云彩用淡淡的薄雾将我的城市笼罩，

当数不清的绚丽笔直的竖杆、码头上的森林，披上浓色重彩，

当每一艘装扮得富丽堂皇的船，顶端飘扬她的旗帜，

当三角旗成行，街窗挂彩饰，

当百老汇由徒步行路人和驻足观望人完全占领，人群最密集的时候，

当房屋的正面活跃着人群，当千万双眼睛同时凝目注视，

当来自岛上的客人在前进，大典在惹眼地前进，

当召唤声发出，等待了数千年的对问答声回复的时候，

我也站起身回复，落脚人行道，隐入人群，同他们一道凝目注视。

2

好壮观的曼哈顿！
美国的同人们！东方终于朝我们走来。

朝着我们走来，朝着我的城市走来，

这里对排着高耸入云的大理石和钢铁筑就的美丽，我们在中间漫步，
　　今天，地球另一面的人向我们走来。

女创世人来了，
那是多样语言的源头，诗的传人，远古的种族，
血统华丽，思想深邃，思索入迷，热情奔放，
香气怡人，服饰丰裕而飘逸，
经过日晒的面庞，高尚的灵魂，闪亮的眼睛，
梵邦天竺之族走来了。

看我流畅的乐章！这些，还有更多，从游行列队向我们闪光，
　　乐章在一边流动一边变幻，像神圣的万花筒在我们前面流动变幻，
　　因为不仅那些使者，不仅是来自岛国的肤色棕黄的日本人，
　　灵巧而沉默的印度人出场了，亚洲大陆出场了，还有过去的人、逝去的人，
　　灰暗的夜晚清晨，充满神秘的奇迹传说，
　　封装了的秘密，古老而玄不可知的蜂房里的蜜蜂，
　　北方，闷热的南方，东方的亚述，希伯来人，古人中的古人，

荒芜的大都市，悄然溜过的当今，这一切乃至更多都在游行盛典里。

地理，即世界，在盛典里，

大洋，群岛，波利尼西亚，更遥远的海岸，

你从今往后要面对的海岸——你，自由，从你西部的黄金海岸，

那里的国家和它们的民众，数百万计的全体，带着好奇在这里，

密集的商贸集市，两旁或尽头排布着雕像的殿宇，僧侣、婆罗门，还有喇嘛，

官僚，农夫，商人，机工，渔夫，

歌女，舞女，欢快的百姓和隐退的帝王，

孔子本人、伟大的诗人、英雄、武士、门阀等级，应有尽有，

列阵行进，从四面八方拥来，来自阿尔泰山脉，

来自西藏，来自中国蜿蜒向前、源远流长的四大江河，

来自南方半岛及次大陆岛屿，来自马来西亚，

这许多以及隶属它们的一切，展示给我，举手可及，被我捕获，

我被它们捕获，被它们友善地掌控，

直至我在这里，一个不落地将它们唱出，自由，为了它们，也为了你。

亮起我的嗓音，我也加入盛典行列，

我是唱歌人，放开声，歌在盛典上空飘荡，

在我的西海上，我放歌唱世界，

我放歌，唱远处的群岛，密集如天空繁星，

我放歌，唱新生的王国，它比往昔任何王国宏伟，恰似梦幻进入我的视界，

我放歌，唱美国，我的女主人，歌唱更伟大的权威，

我放歌，唱千座繁荣的城市已蓝图绘就，未来仍在海岛上簇拥，

我的帆船，我的汽船，在列岛中穿行，

我的星条旗，在风中哗啦啦飘扬，

交往开始了，若干年代的沉睡已完成它的使命，种族再生、再新，

生命、工作，重新开始——目标我不明确——但古老的、亚洲的，必然又获新生，

从今天开始的交往，受到整个世界的环绕向往。

3

所以你，全世界的自由！

你应当千年万年沉着镇定，端坐中央，

今天，亚洲的绅士们从一侧向你走来，

明天英国的王后派遣她的长子从另一侧向你走来。

信号又起一轮,轨道已经合闭,
列队合拢头接尾,旅程告结束,
宝盒盖只是微微开启,而香气却从整个盒子源源不断溢出。

年轻的自由!有举世景仰的亚洲,万邦之母,
眼前和未来都该给她以眷顾,炽热的自由,因为你就是一切,
向久违了的母亲弯下你高傲的脖颈,她在穿岛越洋向你发来消息,
只此一遭,弯下你高傲的脖颈,年轻的自由。

孩子们向西寻觅,太过久远了吗?长途跋涉,范围太过广阔了吗?
昔日蒙昧的年代,从天界乐园向西流散太过久远了吗?
昔日世纪接着世纪,就这样不知不觉款步走过,为了你,为了理性?

这些疑问得到了证实,得到了成就,它们现在也会从这里改换方向,向你行进,
它们现在也会顺势向东行进,是因为你的缘故,自由。

在我随生命之洋退潮时

1

在我随生命之洋退潮时,
在我信步在我熟知的海岸时,
在我漫步的地方,细浪永不停息地冲刷着你,鲍玛诺克,
那里猛浪冲来,嘶沙作响,
悲怆烈性的老母亲不停地呼唤她那遭遇海难的孩子,
我在秋日的迟暮,默默思忖,注目向南,
沉浸在这个电流一般的自我,出于自豪而发为诗歌,
我被这种精神俘获,在追随的脚下留下串串印记,
这海的边缘、沉积,代表地球上的一切水体、陆地,
让人着迷,我的目光从南面收回、俯下,察看那些细长的、风吹积成的小岭,
谷壳,干草,木屑,杂草,还有海藻,
潮浪遗留的浮渣、闪光的岩石的鳞片、咸生菜叶子,

步行数英里，浪摔碎的响声在我的另一侧，
当我思量那古老的物我相像，鲍玛诺克在那个时间、那个地方，
形状像鱼的岛，这些是你给我的呈示，
在我信步在我熟知的海岸时，
我带着电流一般的自我漫步——寻找类属。

2

在我信步在我不熟知的海岸时，
在我听挽歌、听遭遇海难的男人女人的声音时，
在我呼吸扑面吹来、捉摸不到的微风时，
在如此神秘的大洋向我奔涌，越来越近时，
最终我也至多像一个随浪冲起的小堆，
几处沙棱、几片枯叶的聚集，
聚集，我把自己融入沙棱，变作小堆的部分。

哦，被困，受挫，屈身向土地，
自己受到压抑，我才敢于开口，
现在感觉到，我那些信口开河、回声依旧萦绕着我的说辞中，竟从未有过关于我是谁，我是什么的丝毫思索，
而是感觉到，在我所有的狂傲的诗前面，真实的我依旧不曾触及、不曾谈起，总体说不曾到达它的境地，

它远远地退出,用表面恭贺、实则讽刺的手势和鞠躬嘲弄着我,

对我写的每个词远远地发出刺耳的讥讽的冷笑,

默默中它指着这些歌,然后指着下面的沙土,

我意识到我没有真正懂得过什么,连一样单个目标也不懂,意识到没人曾懂,

这里,大海视野中的大自然,捉弄我,抨击我,刺痛我,

因为我曾敢于开口作歌。

3

两大洋,我与你们贴近,

我们相似的低声埋怨,数落着隆起的沙棱、水冲来的漂浮物,不知所故,

这些小条碎块,的确代表着你和我,代表着万物。

碎片连连的脆弱的海岸,

形状像鱼的岛,我接纳脚下的一切,

什么属于你就属于我,我的父亲。

我也一样,鲍玛诺克,

我也如泡沫泛起,经过不可测量的漂浮,又被冲到

你的海岸上,
　　我也只是一串漂浮物和碎片,
　　我也留一些小小的残骸给你,形状像鱼的岛。

　　我自己扑到你的怀抱里,我的父亲,
　　我紧紧附着于你,使你不至于放开我,
　　我牢牢拉着你,直至你回应我。

　　亲吻我,我的父亲,
　　用你的双唇轻触我,就像我轻触我所喜爱的人们的双唇,
　　当我牢牢拉近你,请对我低声细语,告诉我那让我羡慕的秘密。

4

　　退潮,生命之洋,(潮流将流回,)
　　莫停下你的呻吟,悲怆烈性的老母亲,
　　不停地呼叫你遭遇海难的孩子,不要惧怕我,不要拒绝我,
　　在我碰触你或向你收集什么的时候,不要猛烈、愤怒地冲刷我的双脚。

我要你、要大家温柔待我,

我收集,为我自己,也为这个幽灵,它低头盯着我们的踪迹,尾随我和我的一切。

我和我的一切,风吹积成的零散的小堆,小小的尸体,雪一样白的泡沫、水雾,
　(看,从我死去的双唇最终有所流出,
　看,七彩的光闪烁、翻滚,)
　草捆,泥沙,碎块,
　漂漂移移、冲冲突突到这里,来自许多情景,
　来自暴风骤雨,来自风平浪静,来自昏天黑地,来自海浪翻腾,
　来自沉思默想,一口呼吸,一滴咸泪,一抔液体或泥土,
　也可能是不可测知的酝酿、孕育,有冲动,有丢弃,
　一朵两朵了无生机的撕裂的花,也可能随浪起伏,随机漂移,
　也可能是大自然给我们的抽噎的挽歌,
　也可能是从我们那里传来云中号角的鸣响,
　事多变幻,我们不知来处,却被带到了这里,铺开在你面前,
　你在那里,或走动或端坐,
　不管你是谁,我们也成堆堆漂流物,在你的脚下。

登船掌舵

登船掌舵,
年轻的舵手小心翼翼地操作。

透过海岸上的雾传来沉郁的钟声,
海上的钟——哦,警告的钟由海浪摇动。

哦,你给出的是恰到好处的警示,钟声,你在礁石边鸣响,
鸣响、鸣响,警告船只避开毁灭的险场。

为有警戒,哦,舵手,你须留意那洪声劝告,
转动船头,满载的船借满挂的灰色的帆,抢风急驶欢快离去,
华丽高贵的船承载她宝贵的财富,安泰欢快急驶而去。

然而，哦，那船，那永不腐朽的船！哦，那承载在船上的船！

肉体之船，灵魂之船，航行、航行、航行。

黑夜海滩上

黑夜海滩上,
站着孩子和她的爸爸,
看东方,看秋的天空。

穿过黑暗仰望,
吞噬一切的乱云,埋葬世界的云,黑压压大堆漫散,
低垂而阴沉,在天空迅速横穿下压,
在东方的天穹,依然剩下的透明的一带晴朗中间,
升起了巨大宁静的众神之星,朱比特,
离得很近,仅在不远的上方,
升星团,优雅的姐妹星群在游动。

海滩上孩子拉着她爸爸的手,
那埋葬世界的云迅速低压,吞没一切,一副胜利者的派头,
孩子观看天空,默默抽泣。

不要哭泣,孩子,

不要哭泣,我亲爱的宝贝,

让我亲吻你,吻干你的泪珠,

吞噬一切的乱云的胜利不会长久,

它们不会长久占据天空,它们吞没群星仅是一种吓唬人的表象,

拿出耐心,再一个夜晚观看,朱比特还会出来,升星团也会出来,

它们是不朽的,那些银色的、金色的星星,都会再升起,再闪烁,

大星星、小星星,会再升起、再闪烁,它们能持久,

巨大的不朽的太阳,和经久的会沉思的月亮会再闪烁。

亲爱的孩子,你只为朱比特悲伤吗?

你只是想到群星被埋葬吗?

更为有意义的事物,

（我用双唇让你镇定,我向你低语更多意蕴,

向你提出第一个建议,问题,诱导,）

更为有意义的事物,比群星更不朽,

（许多埋葬,许多日夜,已一去不返,）

这事物会比璀璨的朱比特更长久,
比太阳或所有旋转的卫星更长久,
或比光芒四射的升星团姐妹群星更长久。

黑夜独在海滩上

黑夜独在海滩上,
年老的母亲在往来摇摆,唱着她沙哑的歌,
我在观看闪烁明亮的群星,想起了宇宙和未来的线索。

一个广泛适用的类比联结一切,
一切天体,长成的,成长的,大小不一的太阳,月亮,行星,
一切地方的间距,不论多大,
一切时间的间距,一切非生命形态,
一切灵魂,一切鲜活的机体,尽管他们千差万别,或处不同世界,
一切气态,液态,植物,矿物的产生过程,一切鱼类、兽类,
一切民族、肤色、野蛮、文明、语言,
一切在这个星球或别的星球生存过或可能生存的个体,

一切生命、死亡,过去、现在、将来的一切,
这个广泛适用的类比,贯穿它们,一直在贯穿它们,
且将永远贯穿它们,紧密地装容囊括它们。

歌为所有的海域，所有的船只

1

今天，一个短小有力的宣叙，
关于航海的船只，每一艘有自己特殊的旗帜或行船号志，
关于船上的无名英雄——关于伸延的海浪，伸延到目光能及的地方，
关于海水奔腾飞溅，还有呼啸劲吹的风，
出于这许多，唱出万国水手之歌，
有涨有落，像海上漫涌的波。

关于年轻或年长的船长，大副，关于所有无畏的水手，
关于众里挑一的几位，他们沉默寡言，处变不惊，视死如归，
古老的大海，他们为数不多，由你无言地选定，他们是你的选择，

大海，你用时间，挑拣筛选人类，联结民族，
你滋养他们，声音嘶哑的老乳母是你的化身，
顽强不屈，不可驯服，那正是你。

（永远如此，水上陆上的英雄，三三两两面世，
永远如此，从未丢失的脉系得以保留，虽然稀有却足够种群延续。）

2

哦，大海，展示出你们民族各自的旗帜！
像往日，展示出不同的行船号志，让人辨识！
但你特别需要保留一面旗帜之上的旗帜，为你自己也为人的灵魂，
一种为所有民族编制的精神号志，象征人类超越死亡，洒脱得志，
所有勇敢的船长，所有无畏的水手、大副的图腾，
所有脚踏实地、恪尽职守的人士的图腾，
对他们的纪念，辗转缠绕，发自所有年轻、年长的无畏的船长，
普天之下的号旗，在一直悉心挥舞，号令所有勇敢的水手，
所有的海域，所有的船只。

波士顿民谣

为按时到达波士顿镇我今天早上起个大早,
拐角处,这是一个理想的地方,我应该停下来看看,好一场热闹。

让开那边的路,乔纳森!
为总统府的官让路——为政府的炮让路!
为联邦步兵、重骑让路,(成群的怪影在跌跌滚滚,)
我爱看星条旗,我希望横笛吹奏扬基歌。

先头部队的短剑冷光闪闪,好亮,好亮!
每个人手握短枪,振步行军,穿过波士顿镇。

看一团浓雾紧跟,面貌相同的老朽蹒跚随行,
有的长着木腿,有的缠着绷带,全无血色。

嘿，这确实是好一场热闹——它把死去的人从地下唤起走出！

小山上的旧墓匆匆赶来看！

幽灵！侧翼后队数不清的幽灵！

歪戴着虫蛀的发霉的帽子——薄雾制成的拄杖！

悬带挂着胳膊——老年人斜靠住年轻人的肩膀。

扬基幽灵，是什么在困扰你们？牙齿脱光的牙床在喋喋不休说些什么？

是疟疾让你们的四肢抽搐？是你们把拄杖误当成火枪平端瞄准？

若用眼泪遮蔽了眼睛，你们将看不见总统府的官，

若你们这样呻吟不止，可能会妨碍政府的炮，

顾点廉耻，老狂徒们——放下舞动的胳膊，任由你们的白发蓬垂，

你们的曾孙们在这里目瞪口呆，他们的妻子们从窗户把他们凝目观看，

看他们装束多讲究，看他们举动多有序。

越来越糟——你们受不了了？你们在退却了？

这种与活人在一起的时光比死更难受？

那就退却——搞一片混乱纷扰!

回到你们的坟墓里去——回去——回到小山里去,瘸腿跛脚的老家伙们!

我想反正这不是你们待的地方。

但有一件事属于这里——我告诉你们它是什么好吗,波士顿的绅士们?

我会附耳说给市长,他将派一个委员会去英国,
他们将获得国会的应许,乘马车去皇家墓窟,
掘出国王乔治的棺木,迅即解开他的榇衣,用匣子装起他的尸骨,准备上路,
找一艘扬基快艇——这是你要运送的货物,黑腹快艇,
起锚——鼓帆——直驶波士顿湾。

现在再招来总统府的官,抬出政府的炮,
召集国会的爱好吼叫的人们,再来一次大典,就用步兵、重骑护卫。

这里有他们的中心,
看吧,全体秩序井然的公民——从窗户朝外看吧,妇女们!

委员会打开匣子，搭起帝王华贵的肋骨，不稳当处用胶粘住，

肋骨顶上安装颅骨，颅骨顶上扣上王冠。

你已经实施了你的报复，老伙计——王冠适合了他的去处，又不仅仅是它自己的去处，

双手插进你的衣袋，乔纳森——从今天起你是顶天立地的汉子，

你超乎寻常地令人着迷——这是你的功绩之一。

欧 洲
合众国的第七十二年和第七十三年

忽然从腐霉昏睡的洞窟，奴隶的洞窟，
像闪电一样，它一跃向前，让自己也深感惊诧，
脚踩灰烬瓦砾，用手卡紧国王的喉头。

哦，希望与信念！
哦，被流放的爱国志士的生命令人痛心的结局！
哦，几多伤透的心！
掉头投向这一天，让你们自己重获新生。

你们，被雇来亵渎人民——你们这些谎言客，听着！
不是因为不可胜数的痛苦、屠杀、贪欲，
因为许多卑鄙的手段公然偷窃，利用贫苦人的单纯，啃食他的血汗钱，
因为许多承诺，由皇家的嘴唇起誓又被打破，并在破灭中遭受嘲讥，

他们得势时不顾这一切,让报复的攻势发起,或让贵族的头颅落地,
人民将国王的凶残蔑视。

然而甜美的仁慈酿制了毁灭的苦酒,惊慌失措的王公贵族卷土重来,
人人归来杀气腾腾,带着随从,刽子手,牧师,税吏,兵士,律师,乡绅,牢头,还有马屁精。

在一切低隐的偷窃背后,且看一个形象,
暗夜一样的模糊,不停地遮掩矫饰,把头面、形貌藏入红色的皱褶,
脸面与眼睛无人能见,
长袍丛中只有红色的长袍被臂膀抬起,
一根手指向上弯曲,高高地指向顶端,像一个蛇头露出。

同时尸体躺进新挖的坟墓,是年轻的人遍布血迹的尸体,
绞刑架的套索重重地垂挂,王子们的子弹横飞,发泄淫威的人野蛮狂笑,
这一切都结出果实,善的果实。

那些年轻人的尸体,
那些挂在绞刑架上的烈士,那些由灰色的铅弹头穿透的心脏,
看上去冰凉僵硬,却在别的地方以杀不死的生命力活着。

他们活在别的年轻人心里,哦,国王们!
他们活在准备再度反抗你们的兄弟的心里,
他们因死亡而纯洁,他们受到教化与升华。

为争自由而遭屠杀的英灵,他们的坟墓无不萌发自由的种子,继后孕育新的种子,
风会将种子传送到远处播下,雨雪滋润他们发芽。

暴君的武器不能释放出脱离肉体的精神,
而这精神却能在地球上悄然隐行,喃喃低语,孜孜教诲,谆谆告诫。

自由,让其他人对你失望吧——我永远不会对你失望。

房门关了吗?主人出走了吗?
尽管如此,做好准备,耐心观看,期待,
他很快会回来,他的信使过不久就会回来。

哦,为有序曲先作歌

哦,为有序曲先作歌,

轻轻地敲击舒展的鼓膜,在我的城市敲出自豪,敲出快乐,

多么神奇,她让昏睡的人操起武器,多么新奇,她发出启示,

多么神速,她不失时机弹起袅娜的身姿,

(哦,壮哉!哦,曼哈顿,我自己的,我无与伦比的城市!

哦,危机时刻,关键时刻,你最强大!哦,比那钢铁更真实!)

多么迅速,你弹起——多么坚决,你用自若镇定之手扔掉和平的外衣,

多么离奇,你那缥缈的歌剧乐改成鼓点、笛声交替响起,

多么果断,你引向这战争,(将作为我们的序曲,士兵的歌,)

多么激昂，曼哈顿的鼓点，领先敲击。

四十年眼见，我的城市里士兵游行，
四十年作为盛典，直到不知不觉中这位女士，这座繁华、富庶、好动的城市，
置身她的船、她的房屋、她的无法估测的财富中间，她不沉寂，
儿女成百万，绕膝乐陶陶，忽然，
在黑夜死寂的时刻，由于来自南方的消息，
她紧握的拳头激愤地砸向平铺的路。

一次电击，一夜的蓄势，
直到破晓发出不安分的嗡鸣，我们的蜂巢倾泻出蜂群无数。

然后，从房屋，从车间，穿过所有的门庭，
它们骚动、跃起，看！曼哈顿披挂上阵。

踏着急促的鼓点，
年轻人投入洪流，武装起来，
机械工人武装起来，（泥瓦刀、木工刨、铁匠锤，风风火火搁一边，）
律师离开办公室武装起来，法官离开法庭，

赶车夫把马车抛歇在大街上，跳下车，猛然把缰索撇向马背，

营销人员离开店铺，老板、账房、跑堂，人人离开岗位，

人群怀抱共同的思想，到处集结，操起武装，

新应征的兵，甚至男孩子们，老人给他们演示怎样穿军装，他们认真仔细地扣上皮带，

户外在武装，室内在武装，枪管闪亮，

白色的帐篷在营地簇集，武装的卫兵巡逻站岗，机关炮伴日出又伴日落，

武装的兵团天天到达，穿过城市从码头登船，

（多么英俊潇洒，他们步调沉稳向河边走来，面流汗，肩扛枪！

我多么喜爱他们，真想拥抱他们！褐红的脸膛，尘土盖满背包、衣裳！）

城市血液泛扬——武装！武装！呼声传遍各个地方，

旗帜飞出教堂的尖塔，飞出所有的公共建筑与商厦，

带泪的告别，妈妈亲吻儿子，儿子亲吻妈妈，

（妈妈依依不忍离去，但没有说出延留儿子的一字一句，）

熙来攘往的护卫队，行进的警察列队开道，

奔放的热情，人群为他们心爱的人放出疯狂的欢呼，

大炮，沉默的机关炮，金光闪亮，一路拖曳，在碎石上发出轻轻的咕噜声响，

（沉默的机关炮，不久你们结束沉默，

用不了多久卸下炮车，开始那红色的繁忙，）

所有为准备的低语，所有为武装的矢志，

医疗服务，软布，绷带，药物，

妇女志愿做护士，工作已开始，现在是热切的行动而不只是炫示的游行；

战争！武装起来的人群在进军！迎接战斗，而不是调转回头；

战争！不管持续多少周，多少月，抑或多少年，武装起来的人群在进军，奋勇相迎。

曼哈顿在征进——哦，它在高歌猛进！

哦，它是为军营中男子气概的生活。

威武的大炮，

金光闪亮的枪，巨人的作业是服务好枪，

把它们卸下炮车！（不再像过去四十年，仅为恭敬，礼炮鸣响，

炸药，填料之外，现在需要把实质添上。）

你，船的女士，你，曼哈顿，

这个自豪、友好、激荡的城市的老护理长，

经常在平安富足中思索，或在你所有的孩子中默默把眉紧锁，

但老伙计曼哈顿，你现在可以发出欢欣的朗笑。

一八六一年

　　武装起来这一年——战斗战胜的一年,
　　没有精巧的韵文或多情善感的恋爱诗句献给你,非同寻常这一年,
　　白面书生坐在书桌旁,哼着自由散漫模糊不清的钢琴曲,你不是这样,
　　你是强健竖起的人,身着蓝军装,勇往直前肩扛着枪,
　　矫健威武的体魄,饱沐阳光的双手脸庞,腰带侧侧战刀闪亮,
　　耳听你高声呼叫,清脆的声嗓整大陆彻响,
　　你的阳刚之音,在大城市间升起,哦,这一年,
　　你是曼哈顿人,我看见的工人中的一员,是曼哈顿一个居民,
　　或大踏步横穿伊利诺伊州和印第安纳州的大平原,
　　迈着弹力的脚步迅速穿越西部,直下阿勒格尼山脉,
　　或从大湖区,或在宾夕法尼亚,或顺俄亥俄河泛舟而下,

或沿田纳西河，或坎伯兰河顺流南下，或在查塔努加大山之巅，

我看到了你的步姿，看到了你肌肉发达的四肢，看到了你穿上蓝军装，扛起武器，活力四射这一年，

听到你一次又一次发出的坚定的声音，

这一年突然间由机关炮的圆形嘴唇唱响，

我来复述你，匆匆忙忙，冲冲撞撞，忧忧伤伤，癫癫狂狂这一年。

哦,时代,从你不可测知的深渊升起

1

哦,时代,从你不可测知的深渊升起,直到你更高更猛地推进,

很久了,为了我饥饿健壮的灵魂,我吞下了大地赠给我的收成,

很久了,我在北方的森林里漫步,很久了,我眼望尼亚加拉河在倾泻,

我游遍了大平原,在它的胸脯上面酣睡,我横穿过内华达山脉,我横穿过大高原,

我登临过太平洋岸高耸陡峭的岩石,我也曾扬帆航海,

我曾在风暴中航行,风暴让我恢复活力,

带着喜悦,我曾观看过海浪的胃口,险象环生,

我关注过白色的浪冠,它们向上猛冲,在高处弯曲,

我听过呼啸的风,我见过乌黑的云,

站在下方，我曾见过升腾的一切，（哦，蔚为壮观！哦，就像我的心，是那样的狂放不羁，强大有力！）

听到过绵延不断的雷声在闪电过后咆哮，

见到过闪电，是尖齿状的细线条条，在横越天空，相互追逐喧闹，突如其来，飞逝而去，

这一切，以及这类似的一切，我曾眼见，我很欣喜——眼见则惊奇，亦且引人深思，巧夺天工，

地球上所有的威慑的力量尽在我的周围跃起，

而那是我用灵魂滋养的，那滋养让我心满意足，傲视天下。

2

很不错，哦，灵魂——这是你赐予我的充分的准备，

让我们迈进一步，来满足潜在的更大的渴望，

让我们走上前去接受大地和大海从未给过的赐予，

我们不是穿过巨大的森林，而是要穿过更为巨大的城市，

有些事物带给我们的倾泻，远比尼亚加拉河的倾泻更多，

那是人的激流，（西北部的水源和小溪，你们真的不会枯竭？）

对于这里的街道、农庄,往昔大山和大海的那些风暴算什么?

对于今天我在这周围所目睹的激情澎湃?大海算是涨起过吗?

乌云笼罩下呼啸的狂风是不是吹奏出死亡?

且看,从更加深不可测的海底,有些事物更加夺命,更加狂暴,

曼哈顿跃起前进,前沿满是威慑——辛辛那提、芝加哥挣脱了锁链,

我曾在海上见到的狂潮涌滚是什么?请看什么来到了这里,

它用何等大胆的手脚攀登——向前冲它是何等勇猛!

闪电过后咆哮的是何等真实的雷霆——闪电的火光是何等的耀眼!

民主是何等无所顾忌,摆出复仇的架势阔步征进,在黑暗中由那些闪电的火光映现!

(不过,我仿佛在黑暗中听到伤悼的哀号和低隐的抽噎,

在那震耳欲聋、纷乱嘈杂的间歇。)

3

继续轰鸣！继续阔步征进吧，民主！发动复仇的猛攻！

扶摇直上要比以往更高，哦，时代，哦，城市！

来得更猛烈些，再猛烈些，哦，风暴！你给我带来了好处，

大山中做好准备的我的灵魂，汲取了你不朽的强力的营养，

很久了，我行走过我的城市，行走过穿越农场的乡间的路，仅得一半的满足，

一种令人生厌的犹豫，蛇一样蜿蜒而来，在我面前的地上爬行，

总是先于我的脚步，时常朝我回顾，发出嘲弄的低声咝咝，

我放弃并离开我曾挚爱过的城市，我快速投向适合于我的确定的目的，

渴望，渴望，渴望原始的活力和大自然不屈不挠的精神，

唯有它让我再获生机，唯有它，让我享受，

我曾等待受抑制的火焰爆发起来——在水上，在空气中等待很久，

但如今我不再等待，我完全满足，我已饱食过度，

我目睹了真正的闪电,我目睹了我的城市的电光,

我活着看到了人们冲破牢笼,看到了美国站起,不怕战争,

从此我将不再在北部偏僻的荒野里觅食,

不再在大山里游荡,或航行在风暴肆虐的大海上。

船的城市

船的城市!

(哦,黑色的船!哦,威猛的船!

哦,船头尖尖的漂亮的汽船、帆船!)

世界的城市!(因为所有种族都到了这里,地球上所有的国度都在这里做出贡献,)

大海的城市!匆忙、发光的潮浪的城市!

潮汐的城市,欢快的浪反反复复冲锋或退却,左旋右转,带着旋涡泡沫!

码头、仓库的城市——有大理石、钢铁建造的门面!

自豪狂热之都——勇敢、疯狂、奢华的城市!

跃起吧,城市——不只为和平,而是真实地为你自己,不怕战端起!

不要畏惧——不要以任何人为榜样,只除你自己是榜样,哦,城市!

看着我——做我的化身正如我曾做过你的化身!

你的给予我从不拒绝——你善待谁人我就善待谁人，

不论善恶我从不对你质疑——我喜爱一切——我不指责什么，

我歌唱庆贺属于你的一切——但不再歌唱庆祝和平，

和平时代我歌唱和平，但现在战争的鼓声属于我，

战争，红色的战争是我的歌，响彻你的街道，哦，城市！

给我光彩照人、沉默不语的太阳

1

给我光彩照人、沉默不语的太阳,所有的炫人眼目的光芒,

给我秋天长熟了的多汁果实,在果园里泛着红光,

给我一片土地,不加修剪的绿草自由生长,

给我一处绿树合围的纳凉亭,给我攀爬在格子架上的葡萄,

给我新鲜的玉米小麦,给我安详的动物,教人知足,

给我完美静谧的夜晚,就像在密西西比西边的大高原上,让我仰望群星灿烂,

给我清香四溢的花园,旭日东升时我在美丽的花丛中悠然信步,

给我一位气息芳菲的妇人为妻,让我在有生之年爱不足,

给我一个完美的孩子，给我远离世间喧闹的田园生活，让我乡间家居，

给我情不自禁的婉转的歌，轻轻为我自己吟唱，只悦自己的耳朵，

给我孤独，给我大自然，哦，大自然，再度给我原初的神智！

这多吁求，我要将它们拥有，（厌倦了永无休止的激动，受够了战争冲突的折磨，）

这多接连不断的要求是发自我心底的大声疾呼，

而我依旧要接连不断地要求与我的城市朝夕共处，

日复一日，年复一年，走在你的街道上，哦，城市，

你接纳我，留我度岁月，不弃不离，

你的施舍，让我饱食太过，灵魂得以丰富，你把脸面总是赐予我，

（哦，我明白我要设法逃避的东西，与之相遇，掉转我的大声疾呼，

我明白我自己的灵魂沿着它所要求的路踩下去。）

2

保存你的光彩照人、沉默不语的太阳，

保存你的森林，还有森林边宁静的地方，哦，大自然，

保存你的红花草地、梯牧草场、玉米良田和果园，

保存你的扬花的荞麦地，九月的蜜蜂在那里飞舞，

给我脸面，给我街道——给我这多幽灵，在行人路上熙熙攘攘络绎不绝！

给我一望无际的眼睛——给我妇人——给我伙伴情人数以千计！

让我每天看到新的相识——让我每天与新的相识牵手！

给我这样的场面——给我曼哈顿的街道！

给我百老汇，士兵在行军——给我号声鼓声！

（士兵成连成团——有的出发服役，满面潮红，毛手毛脚，

有的服役期满，排着稀稀落落的队列还乡，年轻却显苍老，憔悴，行路，视若无睹，）

给我海滩，码头，水边停满了黑色的船！

哦，我需要这些！哦，紧张热烈的生活，充实多彩，几近满足！

我需要有剧场、酒吧、豪华宾馆的生活，

汽艇上的沙龙！拥挤的远足胜地！火把游行庆典！

密集的军旅开赴战争，高装满载的军需车辆随行，

人们熙来攘往，川流不息，人声鼎沸，热情高涨，场面壮观，

曼哈顿的街道有力的心跳，就像现在鼓声擂响，

无穷无尽的喧闹的大合唱，枪支窸窸窣窣叮叮当当，（甚至可看到伤兵，）

曼哈顿的人群有他们癫狂震荡的音乐合唱！

曼哈顿的脸面眼睛永远让我念想。

两个老兵的挽歌

最后的一缕阳光,
从刚刚结束的安息日轻轻落下,
落在这边的人行道上,落在那边更远处,阳光在张望,
俯瞰着一座新造的双穴坟墓。

且看,月亮在攀爬,
银白色的一轮圆月从东方升起,
悬上屋顶,美丽、可怖、幽灵般的月亮,
硕大而无言的月亮。

我看到一支悲伤的列队,
我听到声调饱满的军号声传来,
冲刷遍城市街道的所有路巷,
带着声音,带着泪水。

我听到大鼓隆隆，
小鼓沉稳，咚咚作响，
震撼的大鼓每一声传送，
击穿我，击透我心。

只因儿子和父亲被一并抬过来，
（在猛烈的进攻的头阵他们倒下，
两个老兵，儿子和父亲一并倒下，
双穴坟墓在等着他们。）

军号声声传送，现在越来越近，
鼓声的击打越加撼动人心，
人行道上白昼的光已经退去，
强力的死亡之行裹挟着我。

东边的天空在飘浮着，
巨大的悲伤的幽灵，在月光映照下移动，
（那是母亲透亮的大脸庞，
在天空越来越亮。）

哦，强力的死亡之行让我欣慰，
哦，月亮硕大的银白色的脸庞让我宁静，
哦，我的士兵！哦，我的两个老兵行将安葬，我所拥有的一切，我会照样送给你们。

月亮把光亮送给你们，
军号和鼓声把音乐送给你们，
而我的心，哦，我的士兵，我的老兵，
我的心把爱送给你们。

大炮手的幻象

　　我的妻躺在身旁酣眠，战争早已结束，
　　我在家高枕静息，空旷的午夜悄然流逝，
　　透过宁静，透过黑暗，我听到，恰能听到，我的婴孩的鼻息，
　　从熟睡中醒来，这房间的这个幻象深印在我的脑海里，
　　缥缈的幻景中那时那地的交战拉开了帷幕，
　　战斗打响了，战士们小心翼翼匍匐向前，我听到凌乱的咔嚓咔嚓！
　　我听到不同的飞弹的响声，步枪弹头短促的突突声，
　　我看到炮弹爆炸，产生白云团团，我听到大炮弹掠过，尖声刺耳，
　　葡萄弹呼呼哗哗，像穿过森林的风，（炮声隆隆，兵士愤怒，搏斗激烈，）
　　炮台的情景一幕幕在我的眼前全部浮现，
　　爆炸，烟雾，兵士们对手中的枪械的自豪之情，
　　主射手调整、瞄准他的炮口，选定适合的时刻引爆，

发射后见他斜倾一侧，热切查看，留意射击效果，

我听到别处的兵团冲锋的喊声，（年轻的上校此刻挥剑亲自向前，）

我看到敌方的群射劈开了豁口，（要顷刻填补，丝毫不延误，）

我呼吸令人窒息的烟雾，然后平云低垂，把一切封装严实，

接下来是几秒钟奇怪的平静，双方不发一枪一弹，

紧跟着继起比前面更嘈杂的纷乱，夹杂着军官们急切的呼喊号令，

这时又从远处战场上，一阵喝彩声随风飘入我的耳朵，（某个特殊捷报，）

还有远处近处的机关炮声，（即使在梦里也唤起恶作剧式的狂喜，在灵魂深处唤起旧日所有的狂放的愉悦，）

步兵在匆匆换防，炮兵、骑兵在阵地间运动，

（倒下的、垂危的我不去留意，滴着殷红的血的伤兵，我不留意，有的兵跛着脚退向后阵，）

罪孽，酷热，奔突，副官们骑马匆行或全速跑动，

小型武器的拍拍打打，步枪窸窸窣窣的警告，（幻象中我能听到或看到这一切，）

炸弹在空中爆炸，夜晚的火箭炮五光十色。

当最后的紫丁香在门庭小院绽放

1

当最后的紫丁香在门庭小院绽放,
而那伟大的星在西天的夜空过早地陨落的时候,
我感到伤痛,还要与连年回转的春一起伤痛。

连年回转的春,你必定带给我三位一体,
每年绽放的紫丁香,西天陨落的星,
还有对我所爱戴的他的怀念。

2

哦,力量之星在西方陨落!
哦,夜的阴影——哦,忧闷的、泪珠摇滚的夜!
哦,伟大的星流逝了——哦,漆漆的昏黑隐没了星!
哦,残忍的手攫取了无力的我——哦,我无助的灵魂!

哦，残酷的云环绕着我，不给我的灵魂以自由。

3

正对着一处古旧农舍的门庭小院，在刷了白色的栅栏附近，

长着高高的紫丁香丛，鲜绿的形状像心的叶子映衬，

许多高挑的尖尖的优雅的花，散发着我喜爱的浓浓的香，

每一片叶子就是一个奇迹——从门庭小院里的这个花丛，

从长着色彩优雅的花，长着鲜绿的形状像心的叶子的花丛中，

我折下一枝带花的小枝。

4

沼泽中隐秘的僻静去处，
一只遮遮掩掩的羞怯的鸟唱着婉转的歌。

孤寂的歌鸫，
离群索居的隐士，躲避居人处，
自唱自吟自己的歌。

流血的歌喉唱出的歌,

死亡释放的生命的歌,(因为亲爱的兄弟,我十分熟知,

如果天命不赋你以歌喉,你定然会死去。)

5

在春的胸膛上,在大地上,城市中间,

巷道间,老林里,紫罗兰新近在伏地窥视,看到灰色的残片,

在连片的草丛间,巷道的每一侧,路过一望无际的草地,

路过嫩芽泛黄的小麦田,在深棕色的土里,每一颗种粒破壳长起,

路过苹果树,传来果园里阵阵白色、粉红色气息,

运送一具尸体去它将要安息的坟墓,

不舍昼夜,棺材在行路。

6

棺材在街巷穿行,

日夜穿行,浓重的云,让大地昏暗,

翻卷的壮观的旗帜,城市被黑色笼盖,

各州自己的面貌,恰如黑纱蒙面的妇女站立,

蜿蜒绵长的游行队伍,和夜的火炬,

数不胜数的点燃的火把,寂静的脸和未脱帽的人头犹如海洋,

待用的停柩处,即将到达的棺材和阴沉的脸,

彻夜的挽歌,升起上千种声音,雄壮、肃穆,

所有的挽歌伤痛的声音在棺材四周倾泻,

灯火幽暗的教堂,震颤的风琴——你行走在这一切的行列中,

哐啷,哐啷,大钟不停地鸣响,

在这里棺材缓缓地过路,

我把我的紫丁香的小枝献给你。

7

(不只献给你,只给你一个人,

我把盛开的花和绿色的枝带到所有的棺材边去,

清新如晨,我愿这样唱歌给你,哦,明智的神圣的死亡。

到处是玫瑰花束,

哦,死亡,我用玫瑰和早开的百合盖住你,

然而现在最先开的花多是紫丁香,
多多地采撷,我从花丛中折下小枝,
我双臂满怀抱来,为你洒花雨,
为你,为棺材,为你们全体,哦,死亡。)

8

哦,西边的天体在天空遨游,

一月前我徒步行走望见你,到现在才知道了你的用意到底是什么,

我默默地行走在透明的影影绰绰的夜,

我眼见你有事要说,使你夜复一夜曲身向我,

你从空中低低地弯下身子,就像要到我的身边,(而其他星星一律观望,)

我们一道漫步走过肃穆的夜,(因为我不知道什么使我不能入眠,)

夜的深入,我看到西边的边缘,你是多么的满怀痛楚,

我在清凉明澈的夜,微风中站上抬起的地面,

我观看着你从那里路过,在低沉的黑夜迷失,

我的灵魂,在困扰中饮恨下沉,就像那里的你,悲切的天体,

生命终结,在暗夜陨落消失。

9

在那边沼泽地继续唱歌,
哦,羞涩温柔的歌手,我听到了你的音调,我听到了你的召唤,
我听到了,我即刻就来,我懂得你,
然而我要滞留片时,那光泽耀人的星阻住了我,
星是与我作别的同伴,它抓住了我,阻滞了我。

10

哦,我该如何亲自为我所爱戴的亡灵唱出婉转的歌?
我该如何为刚刚逝去的巨大的完美的灵魂装点我的歌?
我该把什么香料献给我所爱戴的他的坟墓?

海风从东边、从西边吹来,
从东海吹来,从西海吹来,到大平原相遇,
这一切,就用这一切,还有我唱歌的气息,
我为我所爱戴的他的坟墓添馥郁。

11

哦,我该在墙壁上挂上什么?
我该在墙壁上悬挂什么样的图画,
来装饰我所爱戴的他的柩室?

成长的春天、农场,还有家居的图画,
绘有四月日落时的黄昏和灰白色的炊烟,晓畅显亮,
绘有绚丽多彩,懒懒西沉的落日,宣泄金黄的流光将空气点燃膨胀,
绘有芳草萋萋的牧场脚下平铺,树木繁茂,绿叶流白,
流淌釉彩的远景,江河隆起的胸脯,到处是微风拂起的斑斑波痕,
绘有河岸,山岭铺排,线条映天,远影绰绰,
近处的城市,民居密集,烟囱林立,
所有的生活场景,劳作场地,还有工人收工回家。

12

且看,形体和灵魂——这片土地,
我自己的尖塔耸立的曼哈顿,潮浪闪耀,起落匆匆,还有船舶,

不拘一格的福田沃土,南方北方沐浴着光芒,俄亥俄的水岸,光彩夺目的密苏里,
绵延无尽的大平原,覆盖着青草玉米。

且看阳光无限好,如此宁静又如此高傲,
紫红紫蓝的清晨,仅够察觉的微风,
温和轻盈,不可测量的光洒满人间,
普照的奇迹沐浴万物,完美的正午,
即将到来的甜美的黄昏,宜人的夜色群星,
在我的城市上空,一切尽在发光,包裹了人群,包裹了大地。

13

唱下去,唱下去,你这灰褐色的鸟,
从沼泽处,从幽深处,从木丛中倾泻你的歌,
从黄昏,从柏树松树倾泻,无穷无尽。

唱下去,最亲最爱的兄弟,芦苇中唱出婉转的歌,
高唱人类的歌,声音中带着最哀伤的痛楚。

哦,流畅,自由,温柔!

哦，对于我的灵魂，你这是狂放驰骋，无拘无束——哦，奇妙的歌手！

我只是听到你——依旧是星星将我抓住，（但要很快作别，）

依旧是摄人心脾的紫丁香将我抓住。

14

现在，当我坐在白天向前瞻望，

在白天的怀抱里，有它的光芒，有春的田地，也有备耕备种的农夫，

在我的土地上，有湖泊，有森林，广阔的风景有待认知，

在美妙的天堂般的长空，（时断时续的风暴之后，）

下午匆匆掠过，在它的穹窿之下，孩子们的声音，妇女们的声音，

许多涌动的海浪，我看到船在如何航行，

夏天渐近，带来的是富饶，田地里全是劳动的繁忙，

数不清的分隔明晰的房舍，它们都在怎样运转，每一处都有自己的生活饮食，日常琐细，

街道在如何跳动它们的节奏，城市有了界线——且看，那个时候，那个地方，

笼罩一切城市、一切城市之间,把我和其他全包裹在一起,
乌云来了,拖出长长的黑色的轨迹,
我懂得了死亡、死亡的意想和死亡神圣的知识。

于是死亡的知识好像行走在我的一侧,
死亡的意想紧贴着,行走在我的另一侧,
我在中间,好像有了行伴,好像我拉着行伴的手,
我逃向隐秘的能接纳我的无语的夜,
逃到水岸,到阴暗中的沼泽旁边的小路,
逃到肃穆的影影绰绰的柏树中,和幽静的若隐若现的松林里。

羞涩地面对他人的歌手接纳了我,
我所熟知的灰褐色的鸟接纳了我们同伴三位,
他唱了一曲死亡的赞歌,送一首诗给我所爱戴的他。

从深藏的隐秘的僻静去处,
从散发着香气的柏和幽静的若隐若现的镇静的松,
传来这鸟的赞歌。

赞歌的魅力让我心醉,
我仿佛在夜间牵着我的同伴们的手,

我心灵的声音与这鸟的歌声相合。

来吧，可爱而镇定自若的死亡，
波及整个世界，安详中来临，来临，
每一天，每一夜，所有人，每个人，
或早或迟，优雅地死亡。

深不可测的宇宙当受赞美，
为有生命和欢乐，为有神奇的存在与知识，
为有爱，甜美的爱——仅需要赞美！赞美！赞美！
为有拥抱死亡的冰冷的双臂定有合拢的一刻。

黝黑的母亲，总是脚步轻盈，悄然临近，
不曾有人给你唱过最真挚的欢迎你的歌？

那么我唱给你，我要首先赞颂你，
我带给你一首歌，以便当你真的需要来临，来得不犹豫。

走近强有力的母性解救者，
每当是这样，每当你接纳了他们，我欣然为死者歌，
淹没在你关爱满溢、自在漂流的海洋，
沐浴你洪流般的快乐，哦，死亡。

我给你献上欢乐的小夜曲,

我提议为你起舞,向你致意,胜景装扮你,盛宴款待你,

敞开的陆上景,空旷的天上景,两恰相宜,

还有生命与原野,思想深邃的巨大的夜。

群星下的静夜,

海滩和嘶哑低语的波浪,它的声音我熟悉,

灵魂面向你,哦,博大而巧妙遮掩的死亡,

肉体紧紧地依偎着你,满怀感激。

掠过树顶,我的歌飘向你,

掠过腾起又落下的浪,掠过不可胜数的田地,和辽阔的平原,

掠过人口稠密的所有城市,熙熙攘攘的码头、通道,

我这赞歌,带着喜悦,带着喜悦飘向你,哦,死亡。

15

与我的灵魂相合,

灰褐色的鸟一直高唱雄壮的歌,

传播纯洁的优雅的音调,填充着夜。

在幽暗的松柏树中高声响起,
在湿润清新的气息和沼泽的芬芳中清晰传开,
我和我的伙伴就置身那夜幕中。

我受限于双眼的视界放开的时候,
必然是视野的深长的全景图。

从眼睛的一角,我看到的是军队,
像是在悄无声息的梦里,我看到数百上千的战旗,
我见那战旗在战斗的硝烟里举起,被炮弹穿破,
在硝烟中扛来扛去,破碎不堪,血迹斑斑,
最后在旗杆上仅剩碎条几缕,(一切归于沉寂,)
旗杆全都劈碎,断裂。
我看到战场上死尸难计,
年轻人的森森白骨我看到了,
我看到战争中所有阵亡兵士,残片累累,
但我看到他们不像人们想象的那样,
他们自己在泰然长眠,他们不再受苦,
活着的人幸存下来,忍受痛苦,母亲忍受痛苦,
妻子儿女,思念沉沉的伙伴在忍受痛苦,
幸存下来的部队在忍受痛苦。

16

走过视野,走过夜,
走过,我紧握伙伴们的手不松开,
走过隐士鸟的歌,走过与我灵魂相合的歌,
胜利之歌,死亡释出之歌,依然是各不相同的、永远在改变的歌,
低沉哀恸但清晰的音调,起伏跌宕,将夜淹没,
哀音低沉、弱去,像是提醒、警示,而后依旧再一次欢快的奔泻,
覆遍大地,充溢长空,
像那长夜我从僻静处听到的雄壮的圣歌,
走过,我留下你,紫丁香和形状像心的叶子,
我留下你,在那门庭小院绽放、与春同回。

我停下唱给你的歌,
不再向西凝望,直面西对,与你交谈,
哦,长夜,我面如银盘的光辉的伙伴。

然而该保存每一件,保留全部,从长夜还原,
这歌,这灰褐色的鸟奇妙的吟唱,
这吻合的吟唱,从我灵魂深处激起回响,

光辉的下沉的星,满是痛楚的面容,

有人拉住我的手,向鸟的召唤靠近,

我的同伴,我在他们中间,他们的记忆永久保存,为我衷心爱戴的死者,

为我的时代、我的土地所产出的最甜美、最睿智的灵魂——而这就是因为可亲可敬的他的缘故,

紫丁香,星与鸟,与我灵魂的歌缠绕成一股,

在散发着清香的松树、柏树里,是黄昏,是阴暗。

在蓝色的安大略湖畔

1

在蓝色的安大略湖畔,
在我沉思这些战火烽烟的日月,沉思回归的和平和不归的死者的时刻,
一个超乎寻常的巨型幽灵,满脸严肃与我交谈,
它说,

向我吟咏出自美国的灵魂的诗,向我吟咏胜利的赞歌,
开启自由的征程,依旧是更有威力的征程,
你离去前,给我唱歌,述说民主的阵痛。

(民主,终极的征服者,仍要到处遇见背信弃义的抿笑的嘴唇,
每个脚步都面对死亡、叛变。)

2

一个国家在宣示它自己,

我自己的成长目标仅在于让人们赞同我,

我不拒绝什么,我接受一切,而后以我自己的模式再造一切。

时间和行动可以为一个群族作证,

我们生来有自己的本色,出生就足以答复异议,

我们驾驭自己就像人们驾驭武器,

我们自身强大有力,势不可挡,

我们自身有作有为,我们本身不拘一格,高效务实,

我们最能善待自己,我们最能完善自己,

我们镇定自若,屹立于中央,从那里分枝蘖蔓伸向世界的四面八方,

从密苏里、内布拉斯加,或堪萨斯,用朗笑迎击轻慢的蔑视。

我们自身之外不存在罪恶,

不论显现出什么,不论显现不出什么,美丽或邪恶只存在于我们自身内部,

(哦,母亲——哦,亲爱的姐妹!

如果我们一败涂地,那不是另有获胜者摧毁了我们,
那正是我们自己身陷永久的黑夜。)

3

你是否想过可能只有一个至尊至大?
其实可能会有数不清的至尊至大——
一个人不会抵消另一个人,
就像一只眼的视力不抵消另一只眼的视力,或一个生命不会抵消另一个生命。

世间万物一切相宜,
世间万物尽适宜每个人,尽适宜你,
没什么条件被禁止,不管是上帝的条件或是任意的条件。

一切从身体而来,只有健康能摆正你与宇宙的恰当关系。
只要造就了非凡的人物,其余一切水到渠成。

4

虔诚、遵从是对爱好的人们而言,

和平、包容、效忠是对爱好的人们而言,
我是一个用嘲讽激励男男女女、民族国家的人,
我大声疾呼,从你们的坐处一跃而起,为你们的生命搏击!

我是一个长着刺人的舌头,走遍各州,对所遇见的每个人诘问的人,
你算谁人,只想让别人讲给你以前知道的人或事?
你算谁人,只需一本书在你荒谬的念想中与你为伍?
(你自己的剧痛与叫喊,哦,孕育了许多孩子生命的人,
我把这些疯狂的呼告发出,给一个骄人的种族,)
哦,土地,你是否想要比从前的任何国度更加自由?
如果你想比从前的任何国度更加自由,且请听着我。

惧怕斯文、优雅、文明、精细,
惧怕醇美的甘甜,惧怕吮吸蜜汁,
大自然在日臻成熟,当心这成熟终有消亡之时,
国家与民众昌盛强健,当心衰退前会出现的兆示。

5

年岁、先例,日久天长,一直在有意无意中积累材料,
美国带来的是建设者,也带来它自己的风格。

亚洲和欧洲的不朽的诗人完成了他们的工作,赶赴另外的世界,
一项任务留待完成,那就是超越他们所做过的一切。

怀着对域外人物的好奇,美国敢不惜代价,以自己的方式站立,
它站在远处,开阔、多元、健康、开辟蹊径,真实地利用先例,
它不排斥先例,不排斥过去,不排斥在它们那些模式下成就的果实,
它心安理得地汲取营养,领悟从房屋里缓缓抬出的尸骨,
它领悟到尸骨在门里等候片刻,面对其时代它最是够格,
它的生命正遗传到体格健壮、身材魁伟、款款临近的继承人那里,
继承人面对他的时代也将最是够格。

任何时代均需一个国家引领,
一处国土必须是对未来的承诺和信赖。

这些州就是最富诗意的诗,
这里不仅仅是一个国家,而是一个丰足的国家中的国家,
这里人们的事迹与日日夜夜广为流传的事迹相得益彰,
这里是不大在乎具体细节的宏观推进的群体,
这里有艰难、违抗、友谊、好斗,灵魂喜欢它们,
这里有流动的时潮,有人群、平等、变化,灵魂喜欢它们。

6

国土中的国土将有诗人作证,
诗人中的代表诗人的诗人,有一张西部养育的面庞向光亮扬起,
他的父亲和母亲的面容都由他继承,
他的首要的部分,物质、大地、水体、动物、树木,
由寻常材料构建,给远物近景留有余地,
与其他国度排列一起,专作化身代言这片热土,
他把这片国土的灵魂、肌体吸引向他自己,吊挂在他的脖子上,亲热无比,

把他自己的肌肉像种子一样播入它的优点与过失，

使它的城市、起点、事件、多样化、战争成为他的声音，

使它的河流、湖泊、港湾在他那里涌流演绎，

密西西比连年的淡水流和变迁的泄洪道，哥伦比亚，尼亚加拉，哈德逊，对他钟情，在他那里耗尽，

倘若大西洋岸延伸或太平洋岸延伸，他也随着它们或向北或向南延伸，

在它们之间向东、向西横跨，与处于其间的一切碰触，

从他那里生长出的产物又有分枝产物长出，诸如松树，柏树，毒芹，长青橡树，刺槐，栗子，山核桃，棉白杨，橘子，木兰。

纠结的作物在他那里纠结，就像任何一处竹丛、沼泽，

他像峦侧、山峰，像穿上透明的北方冰雪的靓装的森林，

他的远处的牧场，香甜、自然，像草原，像高地，像大平原，

他那里无处不在的飞翔、翻转、尖叫，同鱼鹰、嘲鸫、夜莺、大雕交相呼应，

他的心灵包裹着他国家的心灵，向善与恶坦露，

包裹着古代、当代的实在事物的精华，

包裹着刚刚发现的海滩、岛屿、红皮肤土著居民的部落，

饱经风雨的船舶，码头，居住点，萌芽状态的身材和肌肉，

第一年傲视天下的对抗，战争，和平，宪法诞生，

分立的各州，简单、灵活的设想，移民，

妄言诳语人总是云集联盟，总是自信十足，无懈可击，

未曾勘察的内地，木屋，空地，野生动物，猎户，陷阱捕兽人，

包裹着多种多样的农业、矿山、气候，孕育酝酿增新州，

国会每十二个月召开，议员们按时从偏远地区齐聚，

包裹着机械工、庄稼人里的佼佼者，让年轻人脱颖而出，

回应着他们的举止，言语，服饰，友谊，步态，从不曾领略面对长官是何滋味的人群中，他们提取这许多，

他们的面相清新率真，他们的骨相不拘一格，干练、果断，

他们的体态形象生动，不修边幅，每遭冤屈则激烈申辩，

他们言语流畅，喜好音乐，充满好奇，脾气随和，慷慨大方，完整多面的品质，

盛行热情奔放，雄心勃勃，大爱无疆，
男女平等完全实现，人口流动畅行无阻，
海上占上风，自由贸易，打鱼，捕鲸，淘金，
码头环绕的城市，铁路与汽船运输线纵横交错，把所有的节点连起，
工厂，商贸活动，节省劳动的机械，东北、西北、西南各地，
曼哈顿的消防人员，扬基交易，南方种植园生活，
奴隶制度——充斥血腥、出卖的阴谋诡计，让它得势，其余一切将变作废墟，
与它的搏斗依旧在继续——暗杀！接下来你的生命，我们的生命变作赌注，搏斗不容迟缓。

7

（且看，高高地指向天空，这一天，
自由，从女征服者的领地回返，
我看到在你头顶浮悬新的光环，
不再是星星柔软的微亮，而是炫目耀眼、炽热强烈，
带着战争的火焰和闪电发出的强射，
你占据的阵位岿然不动，
目光炯炯仍旧闪烁不息，紧握的拳头举起，

你踩上了威胁者的脖子,轻蔑者在你脚下,粉身碎骨,

狂妄自大的威胁者带着愚蠢的轻蔑,举着屠刀步步进逼,

自我膨胀的吹牛者,昔日可能做出许多勾当,

今天成了腐尸,僵死且受人诅咒,被全地球鄙视,

入污秽之列,被弃如粪堆中的蝇蛆。)

8

其他的事业终有完结,但共和大业永远在建设,永远任重道远,

其他的事业在装扮过去,但你们,当代的日月,我来装扮你们,

哦,未来的日月,我信赖你们——由于你们的缘故,我让自己孤立,

哦,美国,你为人类建大厦,所以我来为你建大厦,

哦,敬爱的石工们,我引领他们科学果断地谋划、设计,

伸出友好的手把现在引向未来。

(一切冲动都意在输送心智健全的孩子到下一个年代!

然而,有那种冲动理当诅咒,不思考污点、痛苦、沮丧、软弱,而只虚耗自己,它会传承下去。)

9

我在安大略湖畔耳听那个幽灵,
我听到需求诗人的呼声高起,
依靠他们,本土的杰出的诗人们,只有依靠他们,
这些州才能融合成一个国家简约、紧凑的机体。

用文件、印章或用强制把人们联结在一起没有意义,
那仅仅相当于把所有的人用同一个生活规则聚集到一起,就像四肢联结躯体,或纤维联结植物,
所有的种族,所有的年代,这些州,血管里满流诗的质料,最需要诗人,将会拥有最伟大的诗人,并以最伟大的方式利用诗人,
它们的诗人将成为它们共同的评判人,而它们的总统将未必有如此特权。

(爱为灵魂,火为喉舌!
眼睛直刺最深邃的深邃处,并扫遍世界!
啊,母亲,多产丰足在其他一切领域,然而不孕、不育还须等待多少时日?)

10

诗人是这些州的宠辱不惊的人,

事物不是在诗人那里而是在远离诗人时,显得荒诞、古怪,不能使它们完全还原,

物失其所则无所谓完美,物得其所则无所谓拙劣,

诗人向每一个物件或品质都赠予适于它的比率,既不大也不小,

他是万类的仲裁人,他是钥匙,

他是他的年代和国土的平衡者,

由他提供需要提供的一切,由他检验需要检验的一切,

和平时期,和平的精神借他讲话,宏大、富有、节俭、建设人口稠密的城镇,鼓励农耕、艺术、商贸,点亮关于人类、灵魂、死亡、不朽政府的研究进程,

战争时期,他是战争最有力的支撑人,他架设的大炮与工程师制造的大炮同样有威力,他可以让自己讲出的每一个字刺出鲜血,

世风离航,偏往不忠不信,他用自己稳固的信念抵制,

他不是辩手,他是判断,(大自然毫无疑问接纳他,)

他不是像法官那样判断,他的判断可比阳光照射到无助的事物周围,

他的眼光最远,他的信念所以最坚,
他的思考是赞美万物的圣歌,
关于上帝和永生的争辩他保持沉默,
他眼中的永生不像一出有开场有结局的戏剧,
他眼中的永生属于男男女女,他不把男人女人当作梦想或是圈点。

关于伟大的思想,主张完善、自由的个体,
关于那个主张,诗人走在前面,是领头人的领头人,
他的态度让奴隶们扬眉吐气,让域外的独裁者们心怀恐惧。

自由没有灭绝之说,平等没有后退之说,
它们活在年轻的男人和最优秀的女人的激情里,
 (地球上不屈不挠的头颅总是在准备着为自由陨落,血不会白流。)

11

关于伟大的思想,
哦,我的兄弟姐妹,那是诗人的使命。

严厉的对抗的歌已然就绪,

正是迅速武装与进军的歌,
和平的旗帜即刻卷起,代之以我们熟知的旗帜,
为伟大的思想征战的旗帜。

(我见愤怒的旗布在那里翻卷跳动!
我又一次站在铅灰色的雨中,你飘动的皱褶在敬礼,
我唱你高高飘扬,鏖战中引领方向——哦,艰苦惨烈的鏖战!
机关炮张开它们玫瑰红色的喷光的炮口——炮弹呼啦啦尖叫着划过,
硝烟构筑的战斗前沿——群射从前线不停地倾泻,
听,那回荡着的声音,冲啊!——接着是短兵相接和愤怒疯狂的吼叫,
尸体翻倒蜷缩在地上,
你宝贵的生命冰冷,在死亡里冰冷,
我见愤怒的旗布在那里翻卷跳动。)

12

你是不是会在这里,在这些州选一处地方当教书先生或做一个诗人?
这位置可敬,这条件马虎不得,含糊不得。

在这里当教书先生应该做好自己身体和心智的准备,

他应该很好地考察、思虑、装备、加强、坚定自己,让自己灵活变通,

他一定要预先接受我诸多严厉的问题的盘诘。

你到底是谁,要对美国畅谈、放歌?

你是不是透彻研究了这片土地,它的惯用言辞,还有它的人?

你是不是学习了这片土地上的生理学,骨相学,政治学,地理学,自豪,自由,友谊?学习了它的基层以及目标?

你是不是考虑过,由委员们签署,由多州批准,由华盛顿在军前宣读的国家独立的第一年、第一天的国体契约?

你是不是承认并遵从联邦宪法?

你是不是看见谁人把全部封建程序和诗篇置之脑后而承担起民主的诗篇程序?

你是不是诚信处事?你是不是教大地与海洋、人群团体、妇女的品格、情爱、英勇的愤怒之所教?

你是不是快速经受过稍纵即逝的风俗、新潮?

你是不是能经受得住所有的诱惑、愚顽、忙乱、激烈的竞争?你是不是十分强悍?你真正是全体人民的一员吗?

你是不是不属于某个团体、某个流派或某个宗教？

你是不是能受得住生命的回顾与批判，让生命本身鲜活？

你是不是从这些州的母性中获得自己的生机？

你是不是也有古老却常新的容忍气度和公正姿态？

你是不是把同样的爱给那些正经历历练、走向成熟的人们？给最后出生的大大小小？给有过过错的人？

你这给我的美国带来的是什么？

与我的国家一致吗？

不是从前说过或做过的吉言好事吧？

不是从某艘船买进它或是它的心灵吧？

难道它仅仅是一则故事？一篇韵文？一件爱物？——美丽古老的事业包括其中吗？

难道它没有长时间拖挂在诗人、政客、文人的身后，拖挂在敌国的身后？

难道它没有设定声名狼藉、遁形隐迹的东西依旧阴魂不散？

它能应对普世的需求？它能移风易俗吗？

它能用喇叭的声音吹奏出联邦在那次战争退守中的骄人胜利吗？

你们的表演能够面对开放的田地和海滩吗？

我能吸收它就像我吸收食物、空气那样，并让我的力量、步态、脸面再现吗？

真实的工作对它有所贡献吗？原创制造者而不是简单的模仿者吗？

它能直面现代发现、品质与事实吗？

它对美国的人们、进步、城市意味着什么？对芝加哥，加拿大，阿肯色又意味着什么？

它看得见表面的看护人背后真正的看护人肃立、威胁、沉默、机械工人，曼哈顿人，西部人，南方人，他们的漠然，极为相像，他们急促的爱也极为相像？

它看得见什么总是最终发生在敷衍者、修补者、局外人、片面者、大惊小怪的人、不信宗教的人身上，发生在每个曾经向美国有所索取的人身上？

怎么样嘲讽轻蔑玩忽疏失？

小路上散落着骨架残骸，

其他人在路边鄙弃地摇头。

13

押韵诗和押韵诗人一去不返，从诗里提取的诗一去不返，

成群结队的反射镜诗人和斯文雅士在逝去，留下的是灰烬，

崇拜者们，引用者们，循规蹈矩的人们，仅只构成文学的土壤，

美国能证明自己，给它时间，任何伪装骗不了它，任何伪装瞒不过它，它足够冷静沉稳，

它只会前去迎接它自己的同类，

如果它的诗人出现了，它会准时前去迎接他们，不必担心有误，

（诗人的证据会被不讲情面地延时，直至他的国家蛮有激情地吸纳他，就像他蛮有激情地吸纳他的国家。）

能征服心灵的人才谈得上征服，收获甜蜜的人最终释放甜蜜，

时光是力大无比的受宠爱的人，他的血流不受拘束，

在需要诗歌、哲学、适于本土的宏大的歌剧、造船技术、任何技艺之机，

树起原创实践的最光辉典范的他或她才是最了不起的。

已经是潇洒自如的一代人，默默中露面，出现在长街大路，

人们的嘴唇只对做事的人，爱人的人，满足别人的人，懂行的人表达敬意，

不远的将来,不再会有主教、牧师,我是说,他们的工作已告结束,

在这里死亡不再紧迫,而生命才是这里永久的紧迫,

你的身体、每天的生活、举止,是不是一流?死后你将会是一流?

公正、健康、自尊以不可抵御的威力清理道路,

你胆敢在人前头放置什么障阻?

14

跟在我身后,各个州!

一个在众人前头的人——我自己,典型的代表,在众人前头。

给我所做出的服务付报酬,

让我为伟大的思想唱歌,其他所有一切都可放弃,

我爱大地、阳光、动物,我鄙视财富,

我给每一位乞讨的人以施舍,为愚笨的人、疯狂的人说话,把收入和劳动奉献给他人,

痛恨暴政,不为上帝争辩,用耐心、放纵对待人民,不向任何已知的或未知的东西脱帽鞠躬,

与强壮的未受过教育的人,与年轻人和许多家庭的母亲们自由地交往,

在户外向自己朗读这些草叶诗，用树木、星星、河流检验它们，

鄙弃有辱自己灵魂，或亵渎我身体的任何勾当，

不为我自己申请在同等条件下可以小心翼翼地申请给别人的任何东西，

急匆匆前往兵营，找到并接纳来自每个州的同志，

（许多垂危的士兵依靠在我这个胸脯上，完成他最后的呼吸，

这臂膀，这手，这嗓音，滋养、哺育、恢复过，

生命形态，让我想起许多卧倒的形体，）

我愿意等到被我自己的成长滋味所理解，

我不拒绝什么，我允许一切，

（开口说话，哦，母亲，我不是对你的思想忠心耿耿吗？

我不是终生把你和你的一切放在我的前面吗？）

15

我敢说我开始明白这些东西的意义了，

不是大地，不是美国显得这么伟大，

眼前伟大，或将要伟大的是我，是在那边的你，或是任何人，

是迅速穿越各种文明、政府、理论，

是通过诗歌、盛典、表演,来形成个体。

一切内部蕴涵个体,
我敢说,对我而言,忽略了个体就谈不上善,
美国的约定一概与个体相结合,
唯有对个体做到无微不至者堪为政府,
宇宙的整体理论准确无误地指向一个个体——那就是你。

(母亲!有你敏锐严肃的感觉,有出鞘剑在你手里,最终我见你只直接接待个体。)

16

一切的内部蕴涵着土生土长,
我敢说,不论是虔诚还是不敬,我会站在我自己的土生土长一边,
我敢说,除了土生土长我便谈不上有什么魅力,
男人、女人、城市、国家,仅仅为有土生土长而美丽。

一切的内部都表达着对男人、女人的关爱,
(我敢说,我见到过足够多低劣乏力的关爱男人女人的表达模式,

从今往后,我用我自己的模式表达对男人女人的关爱。)

我敢说,我自己身上将有我的种族的每一种品格,
(不论你想怎么说,唯有他的行为举动有利于各个州勇敢高尚的狂躁动荡,才能适合这些州。)

我敢说,在事物、心灵、大自然、政府、所有制等功课下,我领悟到了其他功课,
在一切的内部,对我而言是我自己,对你而言是你自己,(同一个单调的古老的歌。)

17

哦,我看见光芒闪烁,这美国只是你和我,
它的威力,它的武器,它的证据是你和我,
它的犯罪,谎言,偷窃,缺陷是你和我,
它的国会是你和我,它的官员,议会大厦,军队,船舶是你和我,
它不停地酝酿新增的州是你和我,
战争,(那场十分血腥的残酷的战争,我从此要忘记的战争)是你和我,
自然物和人造物是你和我,

自由，语言，诗歌，职业是你和我，
过去，现在，将来是你和我。

我不敢避开我自己的该起到的任何作用，
不避开美国的任何作用，良善作用和不良作用，
不避开为人类的建树做出建树，
不避开在地位，观点，信念，性别之间求平衡，
不避开证实科学，也不避开追求平等的进程，
不避开滋养力大无比的受宠爱的时光时那高傲的血液。

我欣赏从来未受过支配的事物，
欣赏脾性从来未受过支配的男男女女，
欣赏那些法律、理论、传统势力支配不了的人。

我欣赏那些与整个地球并肩齐驱的人，
那些开启一行一业，带动起千行百业的人。

我不会被荒谬的事物搅得局促不安，
我会透入它们内部，看清它们对我的挖苦，
我会让城市及文明将我顺从，
这是我从美国那里所学所得——它是总量，我再把它教给他人。

（民主，当各地的武器都对准你的胸膛，
我见你沉着地娩出永生的孩子，梦见你在增长的形体，
见你用不断扩大的斗篷覆盖整个世界。）

18

我将日夜面对这些陈示，
我将知晓我是否达不到它们的水准，
我要弄明白我是否不及它们威风高大，
我要弄明白我是否不及它们敏锐真实，
我要弄明白我是否不如它们慷慨大方，
我要弄明白我是否没什么意义，而房屋和船舶意义重大，
我要弄明白游鱼飞鸟是否可以自给自足，而我达不到自给自足。

我把我的心灵与你们的心灵比拼，你们这些星体、作物、大山、野兽，
尽管你们种类繁多，我把你们全部吸收，我自己变作主宰，
美国独立于世却体现着一切，除去我它最终会是什么？
这些州，除去我它们会是什么？

现在我知道地球为什么粗鄙,捉弄,恶劣,那是因为我的缘故,

我特意把你们当作我的品格,你们这些可怖的粗陋的形体。

(母亲,弯下身子,弯腰把你的脸面贴近我,

我不明白这些诡计与战争,还有迁延是为了什么,

我不明白成果的成功之处,但我明白,经过战争、犯罪,你的事业在继续,且依旧必须继续。)

19

就这样,在蓝色的安大略湖畔,

当风吹拂着我,浪结着队涌向我,

力的悸动让我激动,我的构想的妙处在我这里成形,

直至隔膜在我这里成形,隔断我与风浪的关联。

我看到诗人们的自由的灵魂,

已往年代的最高傲的诗人在我眼前踱着步,

沉睡很久、淹没很久的伟岸新异的人们向我袒露无遗。

20

哦,我入痴入迷的诗文,我的呼声,莫要嘲讽我!
不是为了往日的诗人,不是在渴盼他们,我才要推进你,
甚至不是在呼唤这安大略湖畔那些高傲的诗人,
我才任性高亢地唱出我野蛮的歌。

我只在渴盼我自己的国土里的诗人,
(因为战争,战争结束了,战场已清理,)
直到他们从这里开启胜利的征程,前进不息,
好让你开阔无边的期待的灵魂欢欣,哦,母亲。

伟大思想的诗人们,和平发明的诗人们!(因为战争,战争已经结束!)
依然有潜在的诗人的大军,百万兵整装待发,
诗人的歌好像出自煤块燃烧,或出自闪电叉叉条条的火光闪耀!
广大的俄亥俄、加拿大的诗人们——加利福尼亚的诗人们!内地的诗人们——战争诗人们!
我用足我的魅力渴盼你们。

英雄还乡

1

为这土地,为这激情燃烧的岁月,也为我自己,
让我归隐一时投向你,哦,秋天的田地里的土壤,
躺上你的胸脯,我把自己交给你,
回应你健全的心智、平稳跳动的脉搏,
我为你作诗。

哦,大地无声,请赋我以声音,
哦,我的土地的收获——哦,夏的作物,无限丰富,
哦,慷慨多产的褐色的大地——哦,不会穷尽的善于繁衍的母腹,
一曲歌来叙述你。

2

从来在这个舞台上,
就上演着上帝一年一度节奏不乱的戏,
绚丽多彩的游行盛典,鸟雀的歌咏,
日出最充分地滋养、更新灵魂,
汹涌的海,冲岸的涛,和着音乐的强大的浪,
森林,粗壮的树,窈窕纤细的树,
小人国草丛中难以计数的军队,
酷热,阵雨,测不到大小的牧场,
瑞雪映好景,风的自由的管弦乐队,
舒展的轻轻悬起的云层构成的屋顶,有清澈的天蓝的或银白的边,
密铺的群星在天空漫散,安详的星对着人召唤,
游动的羊群、牛群,那平原,还有绿宝石样的草地,
所有的千差万别的土地的陈列,所有的作物,所有的产出。

3

肥沃的美国——今天,
你的每个角落都在谱写着新生与欢乐,

富足使你不堪重负，你的财富是你加身的盛装，条带纵横，

你在朗笑庞大的占有量带给你的苦楚，

多种复杂关联的生活就像相互盘绕的藤条绑定你所有的广阔领地，

你像满载的巨船靠近水岸，驶入港口，

正像天降好雨，地腾蒸气，珍贵的财富降临到你又从你那里兴起，

你让全地球羡慕！你是奇迹！

你沐浴、拥塞、游泳在富足里，

你是安宁的府库的幸运的女主人，

你是大平原的贵妇，静坐中央，远眺你的世界，看东又看西，

一位女策划家，发一语号令，一千英里，一百万农场，断无贻误，

你是接纳一切的女接待家，——你好客周到，（你只同上帝一样好客周到。）

4

当我后来歌唱，我的声音里有悲伤流淌，

我周围的场景教人悲伤，因为仇恨的噪音震耳欲聋，战争的硝烟飞扬，

在冲突中间,在英雄之间,我黯然站立,
或者迈起缓缓的脚步,穿行过受伤的人和垂死的人。

但现在我不唱战争,
不唱士兵们步调整齐的行军,不唱营地的驻军帐篷,
不唱兵团匆忙赶来,部署战线,
不再歌唱悲伤、变态的战争场景。

  那些得志的不朽的将士,那头阵进军的部队,要求容身之处吗?
  上天怜恤!那些死灵魂样的将士,后续的可怖的部队该求容身之处。

(前进,前进,骄人的军旅迈出健壮的腿跋涉,
肩膀年轻有力,扛起你们的背包、枪支,
我多么高兴能站在这里观看,你们行军是从这里开出。

前进——接着又传来鼓声咔嗒,
因为一支部队在视野涌起,哦,又是一支部队在集结,
  蜂拥而至在后队接续,哦,你们是可怖的增加的队伍,
  哦,你们军团如此招人怜惜,致命的腹泻,还有高烧不止,

哦，我的土地上惨遭重伤的可爱的人们，带着这多绷带拄拐，血迹斑斑，

且看你们面无血色的部队，聊充后继。)

5

但在这些光明的日子里，

在这广阔美妙的陆景、大路、巷陌，农场高装满载的车，还有水果仓库，

难道死去的人还要介入？

啊，死去的人无伤于我，他们与大自然浑然融合，

绿树青草下，他们与陆景浑然融合，

沿着天边在地平线的迢迢边缘。

我不会忘记你们，撒手人寰的人们，

夏天不忘你们，冬天不忘你们，我逝去的伙计，

而大多像现在这样在户外，当我的灵魂愉悦宁静，像快活的幽灵时，

你的记忆最易升起，从我身边悄然滑过。

6

我看到英雄还乡那一天,
(然而英雄自古不能超越生死,他们永远不会回来,
那天我没有见到他们。)

我看到源源不断的兵团,我看到大部队行军,
我看到他们走近,整师列队挺进,
向北拥流,完成任务,在庞大的营地集结,宿营。

不是度假的兵士——正当盛年,却已然成老兵,
疲惫、黝黑、英俊、健壮,是居家和车间的有生力量,
经受了许多漫长的战役和艰苦行军的磨砺,
惯于在血腥的战场艰难搏击。

且慢——大军稍等,
百万得志的能征惯战的征服者们稍等,
世界也稍等,接下来像初临的夜一般柔和,像黎明一般明确,
他们融化了,他们消失了。

狂欢吧,哦,土地!胜利的土地!
你的胜利不在那些殷红的震颤的战场,

你的胜利就在这里,从现在开始。

融化,融化殆尽吧,大军——散开去,你们这些穿蓝军装的兵,
再次挺起你们的脊梁,永远放弃你们夺命的武装,
另外的武器,另外的战场,从现在起为你们备就,为南方备就,为北方备就,
那里有更明智的战争,甜美的战争,生息生命的战争。

7

响亮些吧,哦,我的喉咙,清澈些吧,哦,灵魂!
感恩的季节,满载收获的嗓音,
欢快的力量之歌,唱无穷的盛产。

所有已开垦的、待开垦的田地在我面前延展,
我看到的始终是我的种族真正的竞技场地,
人们质朴无邪,用武有地的竞技场地。

我看到英雄们从事着其他劳作,
我看到在他们手中运用得当的更好的武器。

我看到万象之母,

睁大双眼,向前凝视,长久注目,
悉数收集起千差万别的产品。

阳光照亮的繁忙深远的全景,
大平原,果树园,北方黄色的谷黍,
南方的棉花、大米,路易斯安那的甘蔗,
敞开的未播种的休耕地,长着红花草、提牧草的富庶的土地,
乳牛、群马在吃草,羊成群,猪成群,
大江大河静流,溪水欢快奔走,
健康的高地随风飘来牧草芬芳,
茂盛青青草,小巧神奇,永远会再生不枯的草。

8

不停息地劳作吧,英雄们!收获种种产物!
万象之母不仅在那些征战的战场上,
她正放开普照世界的柔和的目光守望着你们。

不停息地劳作,英雄们!勤奋劳作!用好手中的武器!
万象之母在这里也像往常一样守望着你们。

你看着的是兴高采烈的美国,

在西部的田野上那些爬动的怪物,
人类神圣的发明,节省劳动的器具,
看着朝各个方向运动的像是充满了生命的旋转草耙,
蒸汽带动的收割机,马拉机械,
发动机,打谷机,净谷机,专利的草叉敏捷的动作,把草利落地分离,
看着更新的锯木床,南方的轧棉花机,稻谷洁净机。

在你的目光之下,哦,母亲,
使用这些器具和别的器具,用他们自己强壮的手,
英雄们在收割。

全部收集,全部收割,
然而如果不是你,哦,力量之母,不会有一把镰刀能像现在这样安然挥动,
不会有一根玉米秆能像现在这样平静地摆动它的如丝的穗须。

你的收获只在你的荣耀里,即便是一小捆草也只能在你的伟大的脸面之下,
收割俄亥俄、伊利诺伊、威斯康星的小麦,你的荣耀里每一束带芒的穗头,

收割密苏里、肯塔基、田纳西的玉米，每一个淡绿的穗梢里的穗子，

甘草收集到散发着香气的安宁的仓库里，数不清的切草机边，

燕麦收集到粮屯里，密歇根的白薯、荞麦收集到它们的粮屯里去，

收集密西西比或亚拉巴马的棉花，挖掘储藏乔治亚和南北卡罗来纳的金黄色的甜薯，

剪下加利福尼亚或宾夕法尼亚的羊毛，

割下中部各州的亚麻，或边疆地区的大麻或烟草，

摘下豌豆、大豆，或从树上摘下苹果，或从藤上摘下串串葡萄，

或是所有各州，或北方或南方成熟了的任何收成，

在阳光照耀下，也在你的荣耀里。

往前走的孩子

有一个天天往前走的孩子,

他目光所及的第一个物体,他就变作那个物体,

那个物体在那一天或那一天的某一时段变作他的部分,

或是在许多年,或是在若干年的连续的周期,变作他的部分。

早发的紫丁香变作这个孩子的部分,

青草,还有白色、红色的喇叭花,白色、红色的红花草,菲比霸鹟鸟的歌,

三月的羔羊,大母猪产的粉红色柔嫩的仔猪,母马的小驹,乳牛的小犊,

仓院里或池塘边湿地里噪噪闹闹的雏鸟,

令人稀奇地悬浮在下边的鱼,那美丽的令人稀奇的液体,

还有水生植物的优雅平坦的头部,都变作他的部分。

四月五月田地里的新苗,变作他的部分,
　　冬天的谷芽,浅黄色的玉米芽,花园里可食用的作物的根,
　　披满花、后来挂满果的果树,木莓和路边最常见的野草,
　　从小酒馆的厕所刚刚站起,摇摇晃晃往家走的老醉汉,
　　过路去学校的女教师,
　　过路的友好的男孩子们,还有争争嚷嚷的男孩子们,
　　干净整洁、面颊鲜嫩的姑娘们,光着脚的黑小子,黑丫头,
　　还有他所到之处城市乡村的一切变化,
　　他自己的父母,那个给他生命的男人,和那个孕育他生他养他的女人,
　　他们把自己更多的因子传递给这个孩子,
　　后来他们天天对他有所给予,他们变作他的部分。

　　母亲在家平静地在晚餐桌上摆放杯盘,
　　母亲温声细语,衣裙清洁,当她走过的时候,健康的气息从她的身体、她的服饰飘溢,
　　父亲,体魄健壮,自立自足,男子气概,挑衅刻薄,心浮气躁,有失公正,
　　手脚粗暴,快人快语,斤斤计较,工于心计,

家计用度、语言、同伴、家具,欲望无穷的膨胀的心,

无可辩驳的感情,真实的感觉,想起如果最终竟被证明是虚假,

白天的疑惑,夜晚的疑惑,令人好奇的是不是、怎么样,

事物是不是看起来是什么,实质就是什么,或者说一切只是闪显和影点?

男男女女在大街上挤挤撞撞,穿梭来往,如果他们不是闪显和影点,他们是什么?

街道本身,房屋的门面,橱窗里的商品,

车辆,团队,木板遍铺的码头,渡口巨大的交叉路,

高地上的村庄日落时分从远处可见,河从中间流,

阴影、光环、薄雾,两英里外,日光照耀着白色或棕色的屋顶、山墙,

近处的双桅纵帆船,懒洋洋地随波降沉,尾拖小船松弛相连,

翻卷匆匆的海浪,迅速破碎的浪峰,相互击打,

彩色的云层,褐紫色的长条独横,静卧在绵延长空的一片纯洁中,

地平线的边缘,飞翔的海鸥,盐碱的沼泽及海滩的淤泥,释放着香气,

这些都变作天天往前走的孩子的部分,他现在在往前走,将来一直天天往前走。

肥　料

1

在我认为最安全的地方，某些事让我诧异，
我从我所钟爱的宁静的树林撤回，
现在我不会去牧场草原散步，
我不会脱光衣服与大海，我的情人，幽会，
我不会像接触其他机体那样，用我的肌体接触大地，以求让我重获新生。

哦，这是怎么回事，土地本身不会染疾？
春的作物，你是怎样保持你的生机？
百草，树根，果园，谷黍，你们是怎样把健康向自己的血液输入？
他们不是一直在你们体内放入患病的尸体吗？
不是每一块大陆都反反复复与发酸的腐尸打交道吗？

你们把他们的骸骨处理到了哪里？

这么多代代相续的贪酒徒、贪食鬼？

所有恶臭有害的液体和腐肉，你们把它们吸纳去了哪里？

今天从你们身上我可是一点也看不见，或者我也许是被欺骗了，

我用锹头犁一道沟，我插下铁锹，挖透草皮，翻起下面的土，

我敢确信，我会揭出一些发酸的腐肉。

2

来看这肥料！要看看清楚！

也许每个微不足道的一点都曾构成过一个病人的部分——然而且看！

春草覆遍大平原，

豆苗悄无声息地从花园里的沃土里破土生长，

洋葱纤嫩的苗尖往上刺，

苹果花蕾在树枝上结簇，

返青的小麦面色灰暗，从它的墓葬复活，

柳树、桑树色彩复苏，

雄鸟早晚欢歌，雌鸟守卧在它们的巢窝，

小鸡从孵化的蛋里破壳而出，

新生的动物出世了,奶牛产下牛犊,母马产下马驹,
从小山包上土豆深绿的叶子忠实地长起,
从小山上长起黄色的玉米秆,紫丁香花在门庭小院绽放,
夏的作物清纯长起,全然鄙视下面那层层发酸的腐尸。

多么奇妙的化学!
风其实是不传染的,
这不是欺骗,大海这透明的绿色液体,对我是这般的情有独钟,
允许它用舌头舔遍我全裸的身子不会不安全,
大海不会用早已沉入其中的高烧威胁我,
一切都是永久、永久的洁净,
出自井里的冷饮是如此爽口,
黑莓是这样的香甜味美、果汁丰富,
苹果园、橘子园的果实,瓜、葡萄、桃、李,它们都不会给我毒素,
当我躺在草地上,我不会染上任何疾病,
尽管每一片草叶都可能是从曾经是传染病的物质中长起。

现在大地令我惊愕,它是那样的平静,耐心有余,
它能从如此腐败中滋长出这般甜美的东西,

它绕轴旋转,无害无污,尽管运载着这般无穷无尽、成队结群染病的尸体,

它从如此深浸久渍的恶臭中滤出这等优美雅致的风,

它于如此不经意间,再生每年慷慨、华丽的作物,

它给人们以如此神圣的物质赐予,最后从这些赐予回收的却是这等残存剩余。

未名的国度

　　合众国之前一万年的国家，还有合众国之前若干万年的国家，

　　集过去成群成簇的年代，男男女女像我们一样，成长，走他们的路，再相传下去，

　　什么样的大型城市，什么样井然有序的共和政府，什么样的园田部落，游牧民族，

　　什么样的也许超越其他一切的历史，总督，英雄，

　　什么样的法律，习俗，财富，艺术，传统，

　　什么样的婚姻，什么样的服饰，什么样的生理学、骨相学，

　　在他们中间是什么自由、奴隶制，他们思考什么是死亡、灵魂，

　　谁人聪慧、睿智，谁人漂亮、富有诗趣，谁人野蛮、尚未开化，

　　没有留下标志，没有留下任何记录——然而都已留住。

哦，我知道那些男男女女，生命富于意义，和我们的生命一样有意义，

我知道他们属于上苍安排的世界格局，恰如我们也完全如此。

他们站在遥处，而却与我比邻，

有些人长着鹅蛋脸，博学，淡泊名利，

有些人裸着身子，野性十足，有些人像昆虫群集，

有些在帐篷里，是牧人，酋长，部落，马术手，

有些在森林里觅食，有些人平静地生活在农场里，劳动、收割、填仓装库，

有些人穿行铺砌的道路，出没于庙宇，宫殿，工厂，图书馆，展出，法庭，剧场，美不胜收的纪念胜地。

那亿万的男人真的消失了吗？

体验过地球古老的经历的那些妇女消失了吗？

他们的生命，城市，艺术仅与我们在一起吗？

他们不曾为自己永久性地收获过什么吗？

我相信所有曾经生活在未名国度的那些男男女女，我们看不到，他们每个人此时都在这里或别的什么地方生存，

与他或她生命的成长基础恰好相称，源出于他或她生命的作为、感觉、发展、喜爱、罪过。

　　我相信，那不是那些国家或国家的任何个人的终结，正如这不会是我的国家或我个人的终结一样；
　　不是他们的语言、政府、婚姻、文学、产品、游戏、战争、风尚、犯罪、监狱、奴隶、英雄、诗人的终结，
　　我猜想，他们的成效在那看不见的世界里好奇地恭候着他们在看得见的世界里积累的相应成效，
　　我猜想，我会在那里同他们相遇，
　　我猜想，我将在那里发现那些未名国度里的每一个具体的旧人旧事。

歌咏审慎

我曾在曼哈顿的大街上漫步思考,
关于时间,空间,现实——关于此类问题以及与它们并驾齐驱的审慎。

关于审慎总是有待做出最终的诠释,
审慎可与不朽相提并论,除了它,其余大小问题一概可静静地搁置。

灵魂就是它自己,
万事万物与灵魂关联,一概与紧随其后的效应相联系,
一个人做的、说的、想的一切都产生后果,
世间男女所做的每个举动不只在当天、当月、现世直接生命的某一段或死亡的时刻,影响到他或她,
而会在延续着的随后的间接生命里影响他或她。

间接生命和直接生命同等重要,

心灵从肉体的获取，和对肉体的给予一样多，或许会给予更多，

没有一句话或一个行为会有例外，性病、玷污、手淫者的隐私，

贪食者、滥饮者的堕落，侵吞、狡诈、出卖、谋杀、诱奸、卖淫等言行，

无不在死后产生恶果，与生前同等实在。

慈善和人格力量才是唯一有价值的投资。

没有必要做具体说明，男男女女所做的一切鲜活、善良、纯洁的行动都对他或她大有益处，

这是宇宙不可动摇的秩序，这永远贯穿宇宙的全范围。

有智慧的人获得权益，

野蛮人，重罪犯，总统，法官，农夫，水手，机械工，读书人，青年人，老年人莫不如此，

权益会如期而至———一切会如期而至。

单个地、整体地影响现在，影响过他们的时代，影响永远的将来，影响过去的一切、现在的一切、将来的一切，

战争与和平时期的一切勇敢的行动，

给予亲人，路人，穷人，老人，苦人，幼儿，寡妇，病人，被遗弃的人的一切帮助，

一切忘我的人，镇静而孤立地站在沉船上，眼看着其他人挤满救生艇座位，

为美好的、古老的事业，或为朋友，或为主张所做的物质或生命的一切奉献，

受到邻居嘲笑的热心肠的人的一切痛苦，

母亲们的一切甜蜜的无限的大爱和珍贵的辛苦，

有记录的、未记录的奋斗中受过挫折的一切诚信的人，

这些古国，我们曾从中继承过零零碎碎，它们的一切辉煌成就，

我们不知其国号名称，建立时间，建国地点的许多古国的一切优秀遗产，

不论成败，一切曾以人类气概开端的事业，

人类神圣的大脑，或神圣的语言，或由伟大的双手赋形的一切灵感启示，

像我们在这里这样，关于地球的某个部分，或关于动态星星，或静态星星，人们今天的一切好的想法、说法，

不论谁人或任何人，从今往后要想或要做的一切，

这些都适用于它们所赖以发生的主体，过去、现在、将来，莫不如此。

你认为任何事物只有在它自己的顺境生存？

世界不是这样存在的,显在部分和隐在部分都不是这样存在的,
没有哪种圆满的存在,不以早先长期存在的某种圆满,或某种别的圆满为前提,
不以可领悟的最遥远的圆满为前提,以任何一种更接近开端的圆满为前提。

不管什么,只要能满足灵魂就都可称真实,
审慎完全满足了灵魂的渴望与欲求,
它本身最终只满足灵魂,
灵魂拥有无可测度的傲慢,除了自己的功课,任何功课它都不屑一顾。

让我轻轻说一声审慎,它与时间、空间、现实并驾齐驱,
来应对除了自己的功课,任何功课都不屑一顾的傲慢。

所谓审慎不可切分,
拒绝把生命的一部分和每个部分分离,
不可把正义与邪恶割裂,不可把生与死割裂,
凭借关联性匹配每一种思想或行动,
不知道有可能的宽恕和有争议的救赎,

知道敢坦然拿自己的生命冒险并失去生命的年轻人，无疑让自己表现得异常出色，

从未拿自己的生命冒险，在富足安逸中生存到老，这样的人可能没有值得一提的自己的成就，

知道只有那样的人才算真正的学习，他学会了偏爱成果，

他同等地喜爱肉体和灵魂，

他领悟到间接定然来源于直接，

他在精神里既不加速死亡也不逃避死亡，不管处于什么样的紧急变故。

创造的法则

创造的法则,

强势的艺术家和领头人,美国新成长起来的教师和有修养的文化人的法则,

尊贵的专家学者,和未来的音乐家的法则,

大家都应该联系世界的整体,联系世间简明的真理,

不会有比这更明朗的主题——一切作品都该去阐释迂回曲折这一神圣法则。

你认为什么是创造?

你认为什么可以满足灵魂,除了自由行走,不畏权威?

你认为我用百种方法要向你示知什么,无非是世间男女与上帝一样高明?

无非是没有比你自己更为神圣的上帝?

无非是那最古老、最新生的神话的最终含义?

无非是你或是任何人必须遵从这样的法则才可接近创造?

我在长久注目

我在长久注目,寻找宇宙的意图,

寻找我自己过去的历史的线索,也寻找这些颂歌——现在我找到了,

它不在图书馆里那些印制成页的寓言故事里,(那些东西我既不接受,也不拒绝,)

它不在神话传说里,也不在别的一切形式里,

它在现在里——它就是今天的这个地球,

它在民主里——(往昔的一切的要旨和目的,)

它是今天的一个男人或一个女人的生活——今天的普通人,

它在语言里,社会风俗里,文学里,艺术里,

它在轮船,机械,政治,信念,现代进步,还有国家交往等不拘一格地展示出的人为事件里,

全部为了现代——全部是为了今天的普通人。

奇 迹

请问，是谁抚育呵护奇迹？
依我看，除了奇迹我一概不知另有何物，
不论我走在曼哈顿的大街上，
还是让目光飞越房屋屋顶，直指天空，
还是就在海滩的水边上赤脚蹚水，
还是站在林中的树下，
还是白天与我所爱的人谈天说地，或者夜晚与我所爱的人同床共眠，
还是与其他人同桌共进晚餐，
还是乘车旅行，看着我对面的陌生人，
还是在夏日的上午观察蜜蜂围着蜂房忙忙碌碌，
或者动物在原野上吃草，
或者鸟类，或天空中的昆虫奇观，
或者日落妙景，或群星那般宁静、明亮的闪烁，
或者春天精美雅致的细弯新月，
这一切还有其他，窥一斑而见全豹，依我看都是奇迹，

包罗万象,但每一样都与众不同,各得其所。

依我看,每个时刻的光明黑暗都是奇迹,
每一立方英寸的空间是奇迹,
地球表面的每一平方码在奇迹一般延展,
地表里面的每一英尺都在奇迹式地挤满天物。

依我看,大海是持续不断的奇迹,
游水的鱼类——岩石——海浪涌动——载人的船只,
还有什么更异乎寻常的奇迹吗?

谁学习我完整的课?

谁学习我完整的课?

老板,熟练工人,学徒,教士和无神论者,

愚蠢的和睿智的思想家、父母和子女、商人、职员、搬运工及顾客,

编辑、作家、艺术家、学童——走近来,我们开课,

它不是一课——它降低了通往精彩一课的障阻,

这一课通往另一课,每一课还要通往另一课。

伟大的法则不用争议就可确立传播,

我属于同一类型,因为我是它们的朋友,

我不分彼此地喜爱它们,不会对着什么停下来行额手鞠躬之礼。

我若无其事躺下来听事物的美妙的故事和它们的缘由,

它们十分美妙我竟督促自己专心听够。

我对任何人说不出我听到了什么——我对自己也说不出——它就是很奇妙。

这不是微不足道的事,这圆形的令人愉悦的地球,亘古不变如此精确地沿轨道运行,不发生一次颠簸或一秒钟的作假弄虚,
我认为它不是六天里造成,也不是一万年造成,或是百亿年造成,
不是一步接一步地设计、施工造成,如像建筑师设计、建造房屋。

我认为七十年不是男人或女人的生命之限,
七千万年也不是男人或女人的生命之限,
我的存世年限不会停止,其他任何人的也不会停止。

我能永生,这是不是很奇妙?就像每个人都会永生一样,
我知道它很奇妙,但我的目力同样奇妙,我如何在母腹中孕育一样奇妙,
经历一两个寒暑的爬行从一个婴孩的懵懂状态进入讲话、走路——这一切都同样奇妙。

我的灵魂此时正拥抱着你,我们没有晤面,也许永远不用晤面就可以彼此倾心,这种奇妙丝毫不亚于其他奇妙。

我可以思虑出诸如此类的一些意想同样奇妙,
我可以提示你思考它们,并使你懂得它们正确无误,同样也很奇妙。

月亮绕着地球转,并与地球一起转,同等奇妙,
它们与太阳和恒星构成平衡,同等也奇妙。

哦,明星法兰西

哦,明星法兰西,
你的希望,你的力量,你的声誉都在闪光,
就像一艘骄傲的大船,长久长久为船队领航,
今天变成了随风漂泊的遭遇海难的船,残废的船体,没有桅杆,
在它拥挤的近乎溺死的疯狂的人群里,
没有船舵,没有舵手。

遭受挫败,黯然失色的星,
不单属于法兰西的天体,它是我灵魂的灰白色的象征,它是最珍贵的希望,
斗争,勇气,为争自由的神圣的愤怒,
让愿望面向理想的远景,是热肠人博爱的梦想,
让暴政和神甫惊慌。

明星被钉上十字架——被背叛者出卖,

明星在死亡之地上空残喘,英雄之地,
离奇怪诞,喜怒无常,冷讥热讽,轻薄浅陋之地。

悲惨!然而你的错误、虚荣与罪孽,我如今不加斥责,
你的前无先例的灾难与痛苦远超这一切,
于是瑕不掩瑜让你不容亵渎。

因为纵有许多过失,你总是把目标高树,
因为不论出价多厚,你不会真正出卖自己,
因为你确已醒悟,为你麻木的沉睡流泪,
因为在你的姐妹中唯有你,巨人,把带给你耻辱的
败类撕得粉碎,
因为你不会也不肯套上往常的锁链,
这十字架,你乌青的脸,你被钉穿的手脚,
长矛刺透你的腋侧。

哦,明星!哦,法兰西之船,奋起反击又长久受挫!
挺起吧,哦,遭受挫败的天体!哦,大船继续航程!

确为万物之船,地球自己,
死亡的烈焰和动荡、纷乱的产物,
出自暴怒的猛烈发作和它的毒害,

最终胜出的是战无不胜的力量,是无可挑剔的完美,
沿着轨道在太阳下继续急驶,
是你,哦,法兰西之船!

艰难时日已经结束,乌云已经散去,
阵痛既过,是寻求已久的解脱,
且看,当获再生!高高升起在欧洲大陆的上空,
(从那里兴高采烈的回应,就像从遥处面面相向,
映照着我们的哥伦比亚,)
又是你的星,哦,法兰西,美丽耀眼的明星,
在天堂般的宁静中,更加清澈,更加明亮,
发射出不朽的光芒。

驯牛人

在遥远的北国，一处平静的田园，

生活着我的农民朋友，我要讲述的主题，一个出了名的驯牛人，

那里的人们把三四岁大的牛送去给他，要驯服它们，

他会接受任务，驯化世上最野性的小犍牛，

不拿牛鞭，他会无所畏惧地到小犍牛上蹿下跳发怒的场子里，

瞪着两眼，怒气冲天，焦躁的犍牛把头高高地甩摆扬起，

然而你瞧！它的怒气消退得多快——驯牛人把它驯化得多快，

你瞧！在附近各农场里有一百头大大小小的公牛，他就是驯化它们的人，

它们都认得他，爱戴他，充满深情，

你瞧！有些是如此棒的动物，一眼看去卓尔不群，

有些色泽暗黄，有些斑斑驳驳，有一个通背贯一条白道，还有些长着棕色条纹，

有的长两只宽距张开的牛角（优良的标志）——你瞧！富有光泽的外皮，

瞧，有两头牛前额上长着星——瞧，滚圆的牛体，宽阔的牛背，

它们四腿竖立，多么直平——多么细腻机敏的眼睛！

它们直视驯牛人多么坦荡——盼他接近它们——它们怎么回过头看护起他来！

多么依依不舍的表情！当他远离它们的时候，它们显得好不自在，

现在我在惊异，他对它们究竟意味着什么，（书籍、政治、诗歌，走开吧——别的一切都走开吧，）

我承认我只仰羡他的魅力——我的沉默寡言、不识文字的朋友，

一百头公牛爱戴他，在农场里，在他的生命里，

在遥远的北国，在平静的田园。

拥有你的一切天赐

拥有你的一切天赐,美国,

稳固安泰,迅速进取,鸟瞰世界,

力量,财富,拓张,赐予了你——这些,还有与这些类似的东西,都赐予了你,

假如有一样天赐你缺失该奈若何?(永不考虑解决人类的终极问题,)

这天赐是适合你的完美女性——假如这天赐中的天赐你缺失,该奈若何?

你的高尚的女性一族?适合你的美丽、健康、完整?

适合你的母亲们?

高傲的音乐,风暴

1

高傲的音乐,风暴,
爆发时自由奔突,呼啸着席卷大平原,
森林的树梢上的强声鸣响——大山之风,
人格化了的昏暗的形影——你这隐藏的大乐队,
你是灵敏的乐器奏出的幽灵的小夜曲,
一切民族的语言与大自然的节拍融合,
你是大作曲家们留下的和声——你是大合唱,
你是舞蹈,不拘形式,自由而虔诚——你来自东方,
你是河水的伏流低吟,是飞泻的瀑布咆哮,
你是远处传来的枪声,和着策马奋蹄的骑兵,
不同的军号一起吹响,回声在军营荡漾,
行军的喧闹填满晚来的子夜,卷曲我,羸弱无力,
进入我孤单的卧房,你为什么要捕获我?

2

走向前来,哦,我的灵魂,让其别的歇缓,
请听,切莫懈怠,它们正是朝向你延展,
与子夜作别进入我的卧房,
它们载歌载舞是因为你,哦,灵魂。

一曲节日的歌,
新郎新娘的二重唱,一场婚礼进行曲,
爱慕的嘴唇,恋人的心装足满溢的挚爱,
潮红的脸颊和体香,熙熙攘攘的行列满是年轻的、年长的友善的脸庞,
踩着笛子清脆的音调和竖琴的嘹亮、流畅。

现在传来鼓声鸣响,
维多利亚!你可看见硝烟中旗帜撕裂,但高高飘扬?看见零落溃散那被击败的一方?
可听到征服者大军喝彩高亢?

(啊,灵魂,妇女的抽泣,伤员在痛苦中呻吟,
火焰的噼噼啪啪,烧焦的废墟,城市的余烬,
人类的挽歌与荒芜。)

现在远古的、中世纪的曲调将我填注,
我看到也听到古代竖琴师,带着竖琴在威尔士的节日,
我听到恋诗歌手吟唱他们的爱情短歌,
我听到中世纪吟游诗人、行吟诗人、抒情诗人。

现在是大风琴在发出声音,
颤音阵阵,为万乐之基底,(犹如大地上隐蔽的立足地,
为升高做铺垫,为跳跃做起点,
美,雅,力,都在这里成形,我们知道的全部色彩,
绿草叶片,百鸟啭鸣,群童嬉戏欢娱,云彩在天空飘浮,)
坚实的根基稳立,它的悸动不歇息,
沐浴,支撑,融合其他一切,堪当其他一切的母体,
与它一起是诸多乐器中的样样件件,
演奏家在演奏,世界所有音乐家,
庄严的赞美诗和弥撒激起膜拜,
全部热切的心曲,忧伤的恳切呼吁,
积年积代数不清的歌唱家甜美的歌喉,
由于它们的溶解力,地球为自己设定音域,
为狂风,为野林,也为威力无比的海浪汹涌,
新的乐队的组合,把年代与地域联结,十重十叠的更新者,

像诗人们讲述遥远的过去,天国乐土,
从那时开始的迷失,久远的分离,但现在流浪结束,
旅途完成,旅人回归乡里,
人与艺术又同大自然合一。

齐奏合唱!为了大地,也为了天堂,
(万能的引路人用他的魔杖一次发出信号。)

世间的丈夫发起的男人的歌阕,
所有的妻子对唱作和。

小提琴为喉舌,
(我想,哦,喉舌,由你讲出这一心事,为它不会自报曲衷,
这多思好想的心事,为它不会自报曲衷。)

3

啊,从儿时起,
你就知道,灵魂,知道一切声响如何变作我的乐章,
母亲的声音在摇篮曲里,或在赞美诗里,
(声音,哦,温柔的声音,记忆中施爱的声音,

一切奇迹中最恒久的奇迹,哦,最珍最贵的母亲的声音,姐妹的声音,)

雨,生长的玉米,在玉米的长叶中穿行的微风,
有节奏的海浪拍打沙滩,
啾啾叽叽的鸟,划空尖叫的鹰,
野禽夜间唱着曲调,一边向南向北低飞迁移,
乡间教堂或是深树丛中、露天聚会营传来圣歌阵阵,
小酒店里的提琴手,娱乐重唱团,水手的歌排成长行,
牛群哞哞,羊群咩咩,公鸡喔喔报晓。

当今各国的所有歌声围绕着我唱响,
德国曲调唱友情,唱美酒还唱爱情,
爱尔兰民谣,欢快的吉格舞,各种舞蹈,英格兰的柔声颤调,
法兰西合唱曲,苏格兰小调,而高居其他各曲各调之上,
是意大利作品,举世无双。

横过舞台,面带灰白,却激情火红,
诺尔玛(Stalks Norma)手挥短剑。

我看见可怜的发了狂的露茜亚(Lucia)双目射出不自然的光束,

她长发散乱,披落背上。

我见欧那尼(Ernani)在婚礼的花园款步,
容光焕发,在夜玫瑰的馥郁中牵着新娘的手,
他听见地狱的呼唤,那是死亡盟誓的号角。

合着交叉的刀剑和裸向天堂的灰白的头发,
响起世界上清晰的电流样的低音和男中音,
长号二重奏,自由天长地久!

从西班牙栗子树的浓荫,
女修道院古老的重墙厚壁之侧传来凄婉的歌,
歌诉失落的爱恋,青春和生命的火把在绝望中扑灭,
歌诉奄奄一息的天鹅,福南多(Fernando)的心因此碎裂。

最终从伤痛中觉醒,恢复活力的阿米娜(Amina)放歌,
放歌无数,流若星河,放歌欣喜,如沐晨光,快乐如激浪滔滔。

(多子的夫人走来,
绚丽的天体,金星维纳斯女低音,繁茂子孙之母,

我听到最崇高的诸神之妹,阿尔波尼(Alboni)本人的歌喉。)

4

我听到那些颂诗,交响乐,歌剧,
我听到威廉·退尔的故事,被唤起的愤怒的人民的乐章,
我听到梅耶贝尔作品《胡格诺派教徒》和《先知》,或是《罗伯特》,
古诺的《浮士德》或莫扎特的《唐璜》。

我听到所有民族的舞蹈乐曲,
华尔兹舞迷人的节奏,减弱淡去,浸我入醉,
波莱罗舞和着吉他叮咚,响板铿锵。

我见宗教舞蹈有旧有新,
我听到希伯来里拉琴奏响,
我见东征军挺进,高高地举起十字架,众钹击响十字军的步伐,
我听到托钵僧人单调的吟唱,夹杂着狂热的呼号,
他们旋转着身体,总是朝向麦加,
我见波斯人、阿拉伯人如痴如狂的宗教舞,

在厄琉西斯,克瑞斯(Ceres)的故乡,我又见现代希腊人跳舞,

我听到他们弯曲着身体击掌,

我听到他们拖着脚跳出合节合拍的舞步。

我又见古老的柯里班人的狂欢纵乐舞,跳舞人彼此留创伤,

我见罗马青年和着六孔竖笛的尖声,把他们的兵器抛出又抓住,

他们一时跪下,一时又站起。

我听到埃及人的多弦竖琴,

尼罗河船夫的原始吟唱,

中国神圣的帝王的颂歌,

呼应着石钟朴雅的音响,(敲击木石,)

或呼应着印度长笛和四弦琴潜流着忧郁的拨响,

好一支舞伎乐队。

5

现在亚洲、非洲离我而去,欧洲占领我,催我述说,

和着大风琴及乐队,像从宏大的声音的汇集中,我听到,

路德有力的颂歌《我们的上帝是强大的避难所》,
罗西尼的《悲伤的母亲站在那里》,
或者在某处高耸的教堂,阴沉昏暗只因窗户色彩富丽堂皇,飘荡着,
激情澎湃的《上帝的羔羊》或《荣耀属于至高者》。

作曲家们!威力无边的杰出的音乐家们!
还有你们,古老的国土上的迷人的歌手、女高音、男高音、男低音!
在西方一位新诗人在为你们唱颂歌,
怀着崇敬把爱送给你们。

(一切指向你,哦,灵魂,
一切感觉,一切展示,一切客体都指向你,
但现在,依我看,声音指向其余一切之上。)

我听到圣保罗大教堂孩子们一年一度的歌唱,
或者巨型大厅的巍巍屋顶下,贝多芬、韩德尔或海顿的交响乐,清唱剧,
《创世记》神性的波澜涤荡着我。

让我能捕捉一切音响,(我在不顾一切地努力呼号,)

装满我,用宇宙的一切声音,
赋我以他们的心跳,也赋我大自然的心跳,
风暴、江海、大风、歌剧及歌曲,行进曲和舞蹈,
完全泄向我,因为我愿将它们全盘吸纳!

6

后来,轻轻地,我醒过来,
短暂的停歇,回顾反问我梦中的音乐,
回顾反问所有那些回忆、怒号的风暴,
所有那些女高音、男高音歌曲,
那些狂欢的透射着宗教般狂热的东方舞蹈,
多种多样甜美的乐器,还有大风琴的音域,
所有朴素的关于爱恋、悲伤、死亡的哀诉,
面对我卧房床外的沉寂、好奇的灵魂,我说,
来吧,因为我找到了长久追寻的线索,
待天明恢复活力,让我们开始,
满怀喜悦,记录生活,行万里路,走真实的世界,
从此承接我们的天梦的滋养。

我又进一步地说,
哦,灵魂,也许你所听到的不是风的声音,

不是怒涛澎湃的风暴的梦境,不是海鹰在搏击翅膀或发出刺耳的尖叫,

不是明媚的阳光下的意大利声乐,

不是德国恢宏威严的风琴,不是巨大的声音汇集,也不是交响乐的层叠和声,

不是丈夫们与妻子们的对歌,不是兵士行军的声音,

不是笛子,不是竖琴,不是兵营里的军号响,

而是为你设就的新的韵律,

架通生死之路的诗篇,隐隐约约在夜的空气中飘送,未能捕捉,未能谱写,

这让我们满怀信心,天明开始写出。

走向印度

1

歌唱我的时代,
歌唱当代各种伟大成就,
歌唱工程师们坚固灵巧的杰作,
我们的现代奇迹,(远胜古代那笨拙沉重的七个,)
旧世界东方的苏伊士运河,
新世界无所不能的铁路绵延伸展,
大海里铺架了滔滔不绝的纤纤电缆,
然而首先且听声音,那永久的声音,与你的共同呼声,哦,灵魂,
过去!过去!过去!

过去——那幽暗难解的追溯!
拥挤的港湾深渊——沉睡的人们和影影绰绰的岁月!
过去——无穷无尽宏伟卓越的过去!

因为所谓现在，除了是衍生于过去的产物，到底还能是什么？

（就像一个射弹，制成、推送、运行一段线路，依旧向前，

同样作为现在，完全靠过去制成并推送。）

2

走向印度，哦，灵魂！
解开亚洲的神话，那原始的寓言。

不单只是你，世间高傲的真理，
也不单只是你，你那现代科学的事实，
而是古旧的神话和寓言，亚洲的、非洲的寓言，
速射远传的心灵光束，释放了的梦想，
深潜的圣典、传说，
诗人大胆的妙想情节，饱经岁月的宗教，
哦，圣殿比披满初升的太阳光芒的百合花还要绚丽灿烂！
哦，寓言，鄙弃已知，避开对已知的固守，攀向天堂！
高耸入云、令人惊叹的尖尖楼塔，红赛玫瑰，闪烁着金光！
众多的塔是不朽的寓言，常人的梦想让它们变成形体！

我也欢迎你们,与欢迎诸类完全一样!
我也对你们欣喜地歌唱。

走向印度!
且看,灵魂,难道你不曾眼见上帝当初的意图?
连作网络,地球无处不可通达,
种族、邻居联姻,互相紧密结合,
横渡大洋,把遥远拉近,
大陆连为一体。

我欲放歌新的膜拜,
船长们、航海家们、探险家们,向你们致敬,
工程师们、建筑师们、机械师们,向你们致敬,
你们不只是因为贸易,或因为运输,
而是以上帝的名义,是因为你的缘故,哦,灵魂。

3

走向印度!
且看,灵魂,两个画面展现给你,
从一个画面,我见苏伊士运河开掘、开通,
我见汽船列队行进,女王欧也妮的前队打头,

从甲板上看到新奇的陆景,纯洁的天空,遥远处平铺的沙滩,
我飞快地经过如画的团体,聚在一起的工人,
经过疏浚水道的巨型机械。

从再一个画面,不同的画面,(然而是展现给你的画面,概无差别,都是给你的画面,哦,灵魂,)
我见在我自己的大陆,太平洋铁路翻越每一处阻隔,
我见连绵的车厢沿着普拉特河蜿蜒行进,满载货物与乘客,
我听到机车奔跑吼叫,还有刺耳的汽笛,
我听到回声在世界上最华丽的风景中荡响,
我横跨拉勒米平原,只见奇形怪状的岩石、独峰,
我见数不清的燕草、野洋葱,荒凉、无色的鼠尾草荒漠,
我见大山或在我远眺的视野里,或拔地而起,直压头顶,我见温德河和沃萨奇山脉,
我见莫纽蒙特和伊格尔内斯特,我经过海角,攀上内华达山脉,
我扫视尊贵的埃尔克山,并绕山脚盘行,
我见洪堡山岭,我穿峡跨河,
我见塔霍湖清澈的湖水,我见森林里参天的松树,

或是横穿大沙漠、盐碱平原,我看见风光旖旎、水草丰茂如海市蜃楼,

看遍这多这一切,用平行铁轨的精细的线条绘制,

连通三四千英里的陆上旅行,

把东海和西海连起,

欧洲和亚洲有了通途。

(啊,热那亚人,你的梦!你的梦!

你在坟墓长眠若干世纪之后,

你缔建的海岸证实了你的梦。)

4

走向印度!

许多船长的拼搏,许多死去的水手的故事,

它们潜入我的思绪,蔓延到我的情绪,

就像在高不可及的天空飘浮的大块小块的云。

沿着历史的长河,顺斜坡之势,

犹如一条小溪潺潺流淌,忽而没入地下,忽而又向地面升出,

不停歇的思考,不一样的思路——且看,灵魂,它们升起,升向你,升向你的眼界,

策划，再航行，探险远征，
瓦斯科·达·伽玛又一次扬帆前进，
再一次获得知识，海员的指南针，
大陆发现了，国家缔建了，美国诞生了，
关于宽广的目标，人类加入了长久的摸索期，
美国，世界优美的湖终于建成。

5

哦，巨大的优美的湖，在空间游动，
到处覆盖着肉眼可见的力和美，
光亮、白昼与拥挤复杂的心灵的昏暗相互交替，
上有太阳、月亮、不可计数的群星的盛大游行，语言难述，
下有层层叠叠的水草、动物、山川、树木，
带有神妙莫测的目标，潜在的预测式的意图，
现在好像我的思考首先开始拓展你。

从亚洲的花园降临人间，光芒四射，
亚当和夏娃现身，紧接着是他们繁盛的子子孙孙，
游荡、渴望、好奇，有着不安于现状的探索，
疑问、困惑、无形、焦躁不安，内心永不快乐，

那忧伤的、不休不止的叠句,不满足的灵魂为了什么?还有,哦,遍处嘲弄的生活到哪里去?

啊,谁会安抚这些焦躁的孩子?
谁会说出这多不安于现状的探索的理由?
谁会讲出冷漠无情的地球的奥秘?
谁会让它与我们合体?这独立于我们的、如此不自然的大自然是什么?
这个地球对于我们的感情意味着什么?(可憎的地球,没有一次悸动回应我们的脉搏,
冷漠的地球,坟墓的寓所。)

然而灵魂,第一个目标一定要认准,并予以实施,
也许即便是现在,时机已经成熟。

待大海全部穿渡,(它们似乎已经被穿渡,)
待伟大的航海家和工程师成就了他们的业绩,
继尊贵的发明家、科学家,继化学家、地质学家、人种学家之后,
最终会有诗人降临,名副其实的诗人,
上帝真正的儿子会降临,唱他的歌。

到那时，哦，航海家们，哦，科学家们和发明家们，将会得到证实的，不仅仅是你们的行为，
所有这些孩子们的忧虑重重的心将获得安抚，
所有的感情将完全得到回应，秘密说给众人听，
所有这些分隔、鸿沟，将得到填充、拉近，连在一起，
整体地球，这个冷漠、无情、无声的地球将完全获得充分的理由，
神授的三位一体在荣耀中实现，并凝结为诗人，上帝真正的儿子，
（他将真正穿越海峡，征服大山，
他将胸怀目标，把好望角再度探寻，）
自然与人将不再隔离分散，
上帝的真正的儿子必将把二者融合。

6

我在已然敞开的一年的门户放歌！
实现了目标的一年！
大洲、气候区、大洋联姻的一年！
（现在不是威尼斯总督与亚得里亚海的仪式性结合，）
哦，一年，我见这一年，地球幅员辽阔的大陆与海洋在收获着一切，在奉献着一切，

欧洲与亚洲、非洲接通，它们与新大陆连起，
不同的国度，不同的地貌在你的面前，手执节日的花环起舞翩翩，
就像新郎新娘手牵着手。

走向印度！
来自远处高加索的冰凉空气让人类的摇篮安详宁静，
幼发拉底河在奔流，过去再次被点亮。

且看，灵魂，追溯回顾在眼前浮现，
地球上古老，人口最密集、最富庶的土地，
恒河、印度河的支流和它们的许多丰裕富足，
（我今天在我的美国海岸漫步，请看，一切在这里继续，）
亚历山大在尚武的行军中突然逝去的故事，
一侧是中国，另一侧是波斯及阿拉伯，
南面是辽阔的大海还有孟加拉湾，
涌流的文学、恢宏的史诗、流派众多的宗教、种姓等级，
古老的梵天奥秘源源不断向前追溯，慈爱又当盛年的佛祖，
中部、南部的帝国和它们全部的领属、盟主，
帖木儿战争，奥朗则布的执政时期，

商人、统治者、探险家、穆斯林人、威尼斯人、拜占庭人、阿拉伯人、葡萄牙人,
　　开启先河的旅行家依旧著名,马可·波罗,摩尔人巴图他,
　　疑惑有待澄清,地图有待测绘认知,空白有待填补,
　　人类的脚不停步,人类的双手从不歇息,
　　哦,灵魂,你本身就不容挑战。

中世纪的航海家在我眼前站起,
1492年的世界同它觉醒的事业,
人性的特质在当时如浪涌起,像春天大地上的元气,
骑士制度的辉煌落日渐逐下沉。

你是谁,忧伤的幽魂?
形象巨大,高瞻远瞩,你自己就是一个远见,
威力无比的肢体,专注耀眼的双目,
你的每一次视野所及都在铺陈一个金色的世界,
用绚丽多彩给它着色。

作为主角表演者,
在一幕盛大的歌剧的场景,顺着舞台的脚灯独行,
我见大将军本人气盖群英,
　　(勇气、行动、信念的历史典型,)

你看他率领他的小船队从巴罗斯起航,
看他的航行,他的归程,他伟大的名声,
他的不幸,他的中伤者,看他做了囚徒,锁链锁身,
你看他的沮丧、穷困、死亡。

(我好奇地站在时间的长河,注视英雄的奋斗里程,
迟延会不会长久?诽谤、穷困、死亡会不会苦不堪言?
被遗弃的种子会在地下静躺若干世纪?且看,到了上帝的成熟了的时机,
它在夜间苏醒,发芽开花,
还用价值与美,填满大地。)

7

哦,灵魂,真该走向本初的思考,
不只是陆地和海洋,是你自己明朗的新生,
雏鸟、花蕾稚嫩的成长,
直至列入苞蕾初绽的圣典的王国。

哦,灵魂,没有了压制,你与我,我与你,本为一体,
你周游世界的航行开始,
关于人,这是他思想的回归航行,
到达理性的早期乐园,

返回,返回智慧的诞生之初,回到单纯质朴的直觉洞悉,

再次与美妙的创世在一起,

8

哦,我们不能再等待,
我们也该登船,哦,灵魂,
我们也兴高采烈地出发,航向没有路径的大海,
行进在欣喜若狂的浪上,对未知的海岸无所畏惧,
身临海风的阵阵吹送,(你紧贴我,我紧贴你,哦,灵魂,)
自由地颂扬,唱我们的上帝的歌,
歌咏我们快活惬意的探险。

朗声大笑,频频亲吻,
(让别人背叛,让其他人为罪过、悔恨、羞辱哭泣吧,)
哦,灵魂,你让我欣慰,我让你欣慰。

啊,我们也相信上帝,胜过任何一位牧师,哦,灵魂,
但对上帝的神秘,我们不敢轻率行事。

哦，灵魂，你让我欣慰，我让你欣慰，

行船大海或遨游山林或梦醒夜间，

思考，关于时间、空间、死亡的无声思考，如江河涌流，

实实在在承载着我，像穿行在无穷无尽的地域，

我呼吸它们的空气，我倾听它们的细浪，我全身心沉浸其中，

让我沐浴在你的雨露里，哦，上帝，攀升朝着你，

我和我的灵魂在你的领地里排有座序。

哦，你超越万事万物，

无名无姓，有质有料，还有呼吸，

光芒之光芒，创造出的是宇宙重重，你为它们的中心，

你是更强力的中心，真、美、爱的中心，

你是道德、心灵之泉，——情感之源——你是储库，

（哦，我沉思的灵魂——哦，未获满足的渴仰——你不在那里等待？

完美的同伴，你有可能在那里的某个地方等待我们吗？）

你是脉搏——你是星星、太阳、星系的动力，

那有序、安全、和谐的环绕运行，

穿行于无形无迹、浩渺无垠的空间，

我能作何想,如何呼吸,又作何言语,如果单凭我自己,

不能起航奔向那些更高境界的宇宙?

我迅即敛身缩体,当我想到上帝,

想到我面对大自然和它的诸般奇迹,时间、空间、死亡,

但我转身呼叫你,哦,灵魂,你是真实的我,

且看,轻轻地你掌握了各个天体,

你与时间结伴,心满意足地笑对死亡,

填充、鼓满浩渺无垠的空间。

比星星和太阳更伟大,

哦,灵魂,你毋庸置疑,向前行进,

你的爱,我们的爱之外,什么爱会更博大扩张?

什么样的希冀、愿望超越你的、我们的希冀、愿望,哦,灵魂?

什么样的理想之梦?什么样的纯粹、完美、力量的规划?

什么样的意愿会心满意足地为了他人放弃一切?

为了他人承受一切痛苦?

向未来思谋吧,哦,灵魂,当你赢得时间,

穿渡全部大海,经受了海角的风雨,航行结束,

受到包围，你须应对，遇到了上帝，收成丰硕，目标实现，

充满了友谊，完整的关爱，长兄既已找到，

小弟满心喜悦，融入他的怀抱。

9

走向印度，走向更远更多的地方！

你的翅膀真的丰满，可以担当如此遥远的飞行吗？

哦，灵魂，你真的要实施那样的航行吗？

在那般水域你会自觉惬意享受？

接下来你能听见梵语和《吠陀经》吗？

那么放飞你的天资，任其挥洒。

走向你，你的海岸，你年代久远的极度难解的谜！

走向你，对你的领悟，你那些费神费思的问题！

你，散乱漫布着骷髅的残骸，活着的人从来无人抵达你。

走向印度，走向更远更多的地方！

哦，大地和天空的奥秘！

你们的奥秘，哦，大海的水域！哦，蜿蜒的溪流江河！

你们的奥秘，哦，森林，田地！你们的奥秘，我的国土上巍峨的山岳！

你们的奥秘，哦，大平原！还有你们，灰色的岩石！

哦，殷红的清晨！哦，云彩！哦，雨雪！

哦，白昼，黑夜，走向你们！

哦，太阳，月亮，还有你们，全部星辰！天狼星，木星！

走向你们！

起程，即刻起程！我血管里的热血已沸腾！

出发，哦，灵魂！立刻起锚！

割断缆索——拖出船——扬起每一片帆！

难道我们没有像树木一样在这里的土壤里矗立太久？

难道我们没有像走兽一样仅在这里吃喝爬卧得太久？

难道我们没有手执书本让自己懵懂迷乱得太久？

向前航行——目标只在深水域，

不要畏首畏尾，哦，灵魂，探索，我与你、你与我，本为一体，

因为我们在驶向海员尚未敢于涉足的地方，

我们将让航船，让我们自己和所有一切，探险。

哦，我勇敢的灵魂！

哦，远航，远航！

哦，大胆的享受但安全可靠！难道它们不都是上帝的海洋？

哦，远航，远航，远航！

想一想时间

1

想一想时间——想想对一切的回顾,
想一想今天,和从今往后延续的岁月。

你曾经认为你自己不会延续吗?
你曾觉得这些埋在土里的甲壳虫可怕吗?
你曾经担心未来对你会没有意义吗?

今天是不是没有意义?追溯不到源头的过去是不是没有意义?
如果未来没有意义,那今天和过去定然同样地没有意义。

想一想过去的太阳从东方升起——男男女女灵动、真实、鲜活——千事百物样样鲜活,

想一想过去你我不曾有所见、有所感、有所思，也不曾担当我们的职责，

想一想今天我们在这个世界上，担当着我们的职责。

2

时间一天、一分、一秒地流过，无不留下新生记录，
时间一天、一分、一秒地流过，无不留下尸体。

倦人的夜晚过去了，倦人的白天也过去了，
卧床太多的痛苦过去了，
迟延很久之后医生找出了答案，无声却恐怖，
孩子们匆忙赶来泪流不止，同时招来姐妹兄弟，
药品排在架上已不能使用，（樟脑的气味已在各个房间弥漫了许久，）
活着的人忠诚的手不放弃垂死者的手，
颤抖的双唇轻轻地贴向垂死者的额头，
呼吸停止，心脏的搏动停止，
尸体直挺挺躺在床上，活着的人们注目望去，
它一如活着的人们，伸手可及。

活人们的目光注视着尸体，

但没有视力的另一个活物好奇地注目于尸体,迟迟不离去。

3

想一想对死亡的思考与对实物的思考融为一体,
想一想城市和乡村,所有这些奇迹,其他人对它们极感兴趣,而我们对它们却丝毫不在乎。

想一想我们是多么急切要修建我们的房屋,
想一想别人修屋也会同样急切,而我们却漠然置之。

(我见一个人建造的房屋可为他服务几年或至多七十年、八十年,
我见一个人建造的房屋可为他服务比那更长的时间。)

缓缓移动的黑色的线条在整个地球上爬行——它们从不停歇——它们是丧葬线,
昔日的总统被葬埋了,正在当总统的人也定将会被葬埋。

4

缅怀平民的命运,
劳工们生命与死亡的惯常一例,
每一例都代表他那个类属。

渡船码头的浪携裹着冰冷的冲击,河水里的烂泥冰块,街道上是未完全冻实的泥浆,
头顶灰蒙蒙的沮丧的天空,十二月的短昼,
一辆灵车和许多驿站马车,一位百老汇驿站老车夫的葬礼,送葬队里大多都是车夫。

沉稳的马步缓缓跑向墓地,丧钟及时鸣响,
进大门,停歇到新挖的墓坑,活着的人们下车,灵车打开门,
棺木送出,下葬放稳,鞭子放到棺上,迅即填土,
上面的土丘用铁锹拍平——沉寂,
片刻——无人走动,无人出声——结束了,
他被像模像样地安葬了——还有别的什么吗?

他是个不错的伙计,心直口快,性情急躁,长相颇受青睐,

乐于为朋友不顾生死，好色、参赌、嘴馋、贪杯，

知道了什么是钱多，到后来情绪低落，身染疾患，受人捐助过活，

死去，四十一岁年纪——那就是他的葬礼。

拇指伸直，手指上屈，围裙、斗篷、手套、背带、防潮衣服、精挑细选的鞭子，

老板、点焊工、赛马手、马夫，别人哄骗你的面包，你哄骗别人的面包，向前走，前面是人，后面是人，

快乐的一天的工作，倒霉的一天的工作，宠物群、普通动物群，最先出去，最后出去，入夜都回家，

想一想这些对其他车夫是如此司空见惯，而那里的他却对这些毫不在乎。

5

市场，政府，劳工的报酬，想一想历经日日夜夜，这些会多么重要，

想一想其他劳工会认为这些同样重要，而我们则很少关注或不以为然。

粗俗与高雅，堪称罪孽者，与堪称美德者，想一想这里差异是多么巨大，
想一想这种差异会在别的人那里继续，然而，我们则超越了这种差异。

想一想有多么丰富的乐趣，
生活在城市里，或者忙着做生意，或者筹划候选提名，筹划大选，或者与你妻子及家人在一起，你觉得快意吗？
或者与你母亲和姐妹在一起，或者像妇人一样做家务，或者予人以美妙的母性关怀，你觉得快意吗？
这些也在别人那里继续，你我在继续，
但到了一定时候，你我对这些则不感兴趣。

你的农场、利润、庄稼——想一想你是多么的全神贯注于它们，
想一想将来仍有农场、利润、庄稼，但你又能受用什么？

6

未来的一切会如人意，因为目前的一切在如人意，
感兴趣是目前尽如人意，不感兴趣将来会尽如人意，

家庭的乐趣，费时的家务和杂事，建造房屋，都不是幻象，它们有重量、有式样、位置具体，

农场、利润、庄稼、市场、报酬、政府，它们都不是幻象，

罪孽与美德之差异不是幻想，

地球不是一种回声，人和他的生命以及他生命中的一切实务都经过了深思熟虑。

你不是被任意摆布，随风飘零，你必然而泰然地聚拢在你自己周围，

你自己！你自己！永远，永远是你自己！

7

你是你母亲及父亲生的孩子，这不是在让你无所适从而是在让你获得个性，

这不意味着你拿不定主意，而意味着你主意已定，

历经长时间的酝酿，而尚未成形的东西，现在到了你身上并成形，

从今往后，不论什么降临，什么离去你都不必惶恐不安。

纺好的线收聚到了一起，经纬交织，式样已成体系。

每一项预备都合情入理,
乐队已将各种乐器调好了音调,指挥棒已给出了信号。

预备前来的嘉宾,他等待许久,现已下榻就绪,
他是个美丽而快乐的人,他是个让人一睹风采、一起相处就满足的人。

过去的法则逃避不了,
现在的、未来的法则逃避不了,
生活的法则逃避不了,它是永恒的,
升迁和改变的法则逃避不了,
英雄、义士的法则逃避不了,
酒徒、告密者、卑鄙小人的法则一星一点也逃避不了。

8

缓缓移动的黑色线条不停地在大地上游移,
北方人运走了,南方人运走了,有人在大西洋岸,有人在太平洋岸,
中间的人们,所有在密西西比河谷的人们,全世界的人们。

大师和宇宙一如惯常是好样的，英雄义士也是好样的，
著名的领导人、发明家、富有的业主、虔诚的人、杰出的人士会是好样的，
然而还有更多的记述，一切都有严谨的记述。

茫茫人海，芸芸众生中的淳朴天真之人和邪恶之徒不是没有意义，
非洲和亚洲的蛮民不是没有意义，
一拨拨、一批批肤浅庸人，不是一如惯常没有意义。

有关这一切事物，
我梦想，我们不会被改变得面目全非，我们的法则也不大变，
我梦想，英雄义士受现代的、古代的法则辖制，
杀人凶犯、醉鬼、谎客，受现代的、古代的法则辖制，
因为我梦想，现在辖制他们的法则足够了。

我也梦想，已知的短暂的生命的目的和实质，
在于形成并确立未知的恒久的生命的个性。

如果一切结果都只是垃圾的灰烬，
如果蝇蛆老鼠变为我们的终极，那就需要提防！因为我们原形毕露，

那样就是真正的怀疑死亡。

你怀疑死亡吗？如果我要怀疑死亡，我现在就该去死，
你想我能兴高采烈、衣着得体地走向覆灭？

兴高采烈、衣着得体，我在行路，
我不能确定我要走到哪里，但我知道那是个理想去处，
整个宇宙在表明它是个理想去处，
过去和现在都在表明它是个理想去处。

动物是多么漂亮完美！
地球是多么完美，地球上即便最微小的东西是多么完美！
被称善者堪当完美，被称恶者同样堪当完美，
蔬菜、矿物，尽数完美，难作估量的流体也完美；
缓慢地、蛮有把握地，它们传承到了这一步，缓慢地、蛮有把握地，它们仍旧传承下去。

9

我起誓，我现在认为每事每物都无一例外，有一个永恒的灵魂！
树木有，植根大地！海草有！动物有！

我起誓，我认为世无他物唯有永生不朽！

为着它有精妙的计划，为着它有朦朦胧胧的飘动，为着它有前后统一，

一切的酝酿为着它——个性为着它——生命和物质共同为着它。

那音乐总是在我周围

　　那音乐总是在我周围，没有停止，没有开始，仍然听到有教有唱，久长久长，

　　然而现在我听到的是合唱，令我高兴异常，

　　男高音粗狂上扬，带着力量、健康，我听到了拂晓的喜悦咏调，

　　时不时有女高音游游荡荡，漂浮在巨大的波浪的上方，

　　晓畅的基调在苍穹之下震响，溢满寰宇，令人心旷神怡，

　　凯旋的合奏，葬礼的哀号，甜润的笛声，悠扬的小提琴，我胸中把所有这些音调旋律全装，

　　我听到的不只是声响的音量，我被美妙的意蕴打动，

　　我倾听不同的声音，蜿蜒辗转，流入流出，奋力展开炽烈的竞争，争相超越彼此的饱满激情，

　　我想，表演者们未必理解他们自己——但我现在想，我开始理解他们了。

四川文艺出版社经典书目

书名	作者/译者	价格
《瓦尔登湖》	【美】亨利·戴维·梭罗 著 仲泽 译	38.00元
《复乐园》	【美】亨利·戴维·梭罗 著 任伟 译	20.00元
《大自然的日历》	【俄】米·普里什文 著 潘安荣 刘文飞 杨怀玉 译	36.00元
《培根论人生》	【英】弗朗西斯·培根 著 张璘 译	28.00元
《生活的准则》	【美】拉尔夫·沃尔多·爱默生 著 梁志坚 译	28.00元
《见闻札记》	【美】华盛顿·欧文 著 伍厚恺 译	30.00元
《自然与人生》	【日】德富芦花 著 林敏 译	28.00元
《草叶集》	【美】沃尔特·惠特曼 著 姜焕文 译	28.00元
《沙与沫》	【黎巴嫩】纪伯伦 著 伊宏 伊静 伊洁 译	38.00元
《新月集·飞鸟集》	【印】泰戈尔 著 郑振铎 译	25.00元
《伊利亚随笔》	【英】查尔斯·兰姆 著 姜焕文 译	22.00元
《沙乡年鉴》	【美】奥尔多·利奥波德 著 彭俊 译	20.00元
《感想与风景》	【日】横光利一 著 张平 译	20.00元
《醒来的森林》	【美】约翰·巴勒斯 著 梁志坚 梁家威 译	20.00元
《四季随笔》	【英】乔治·吉辛 著 刘荣跃 译	28.00元
《普希金抒情短诗集》	【俄】普希金 著 桑卓 译	20.00元

四川文艺出版社经典书目

《闻一多文选》	林文光　编	20.00元
《许地山文选》	林文光　编	20.00元
《钱玄同文选》	林文光　编	20.00元
《郁达夫文选》	林文光　编	20.00元
《王国维文选》	林文光　编	20.00元
《梁启超文选》	林文光　编	20.00元
《傅斯年文选》	林文光　编	20.00元
《鲁迅文选》	林文光　编	20.00元
《朱自清散文》	林文光　编	20.00元
《陈独秀文选》	林文光　编	20.00元
《瞿秋白文选》	林文光　编	20.00元
《魔　山》	杨武能　译	39.00元
《浮士德》	杨武能　译	42.00元
《茵梦湖》	杨武能　译	35.00元
《少年维特的烦恼》	杨武能　译	16.00元
《阴谋与爱情》	杨武能　译	16.00元
《歌德谈话录》	杨武能　译	30.00元
《赌　运》	杨武能　译	29.00元